三千六百五十日の抱擁

RUKA
TAKATO

高遠琉加

CHOCOLAT
BUNKO

ILLUSTRATION 一夜人見

CONTENTS

◆◆◆

十六歳

名は体を表すそうだ。ちなみに俺の名前は樫本博臣《かしもとひろおみ》という。いかにも堅《かた》そうな名前だ。樫本なんて、もろに堅いという字が入っている。まあ姓は先祖伝来のものだけど、博臣という名前もけっこう堅い方だと思う。何しろ末は博士か大臣か、だ。名付けたのは祖父で、博士や大臣じゃなくてもひとかどの人間になれ、という意味らしい。

祖父自身は代々続く酒屋を経営していて、剣道の師範で近所の道場で教えていた。当然のように俺も通わされた。頑固者で有名だった祖父は身内の俺にはことさら厳しく、剣道だけじゃなく礼儀や精神面もみっちり鍛えられた。おかげで俺は、立派にお堅い人間に育ったと思う。

だから、わからなかった。人が人にやみくもに恋い焦がれる気持ち。時間やお金を費やして、でも見返りを求めない気持ち。話すことも触れることもできないのに、熱を燃やし続ける気持ち――

「ヤアァァァ!」

「キエェエエ！」

集団で打ち込みをしている剣道場には、奇声と言ってもいいくらいの激しい声が行き交っている。剣道では気迫を相手にぶつけることも大事だからだけど、正直、暑苦しい。女子はまだいいけど、男子はそうとう暑苦しい。そもそも道着も袴《はかま》も防具も、何もかもが暑苦しい。

「よおし、十分休憩ー。水飲んどけよー」

主将の合図で、部員たちが竹刀を下ろした。壁際に下がって小手をはずし、面を取る。俺はさらに頭を覆っている手拭いを取り、胴《どう》も垂《たれ》もはずした。身軽になる。

剣道場のそばにも手洗い場はあるけれど、俺はタオルを持って剣道場を出て、部室棟の横にある水飲み場まで行った。

まだ梅雨前なのに、今日は夏みたいに暑かった。手拭いと面で覆っていた頭が熱い。蛇口の下に頭を突き出し、豪快に水をかぶった。

「ふう」

気持ちいい。犬みたいにぶるぶると頭を振って、水をはらった。

「おう、樫本。今日は暑いなあ」

そこに主将が来た。同じように頭から水をかぶる。そのままゴシゴシとタオルで頭を拭いた。主将は五分刈りなので楽そうだ。

俺は近くの花壇まで行き、囲いのブロックに腰かけた。顔を拭きながら、道着をあおいで風を通す。

「なあ、樫本」

主将が来て、隣に座った。暑苦しい。花壇の花は可憐でかわいらしいのに、剣道着の男二人が座っていたら台無しなんじゃないだろうか。

「夏が終わったら、おれらは引退だ。そろそろ次の主要メンバーを決めたいんだが……」

「はあ」

主将がこちらを向いた。嫌な予感がした。

「おれは、おまえに副将を頼みたいと思っている」

内心、げっと思った。

運動部は夏に大きな大会があるところが多いから、それが終わったら三年生は引退するのが普通だ。剣道部の場合は玉竜《ぎょくりゅう》旗《き》高校剣道大会と高校総体が終わったら、後輩に引き継ぐ。次の主将と副主将は、指名制らしい。

「俺、一年ですよ？」

「主将は二年の佐々木《ささき》に任せるつもりだ。副将はおまえがいいと思う」

「いや、俺は…」

「佐々木や他の部員にも訊《き》いたが、みんなおまえがいいと言っていた。中学では県大会優勝だろう？　うちの二年でおまえに勝てる奴はいない」

「いや、でも」

「おまえには一年生の指導も頼みたい。おまえが一年から鍛え上げてくれれば、全国も夢じゃない！」

暑苦しく語りながら、主将は尻で近づいてくる。近づかれた分、俺はさりげなく離れた。

「俺、人に教えるのとか苦手ですから」

「おまえはそこがだめなんだよ」

部長はまた近づいてきた。もうブロックの端だ。逃げられない。

「一年の中でもおまえに憧れてる奴は多いのに、おまえは知らん顔してるだろう。それじゃ士気も落ちる。団体戦に勝てないぞ」

「人には向き不向きがあるんで…」

「やる前から逃げ腰でどうする」

「いえ、あの…」

どう断ろうか迷っていると、少し離れたところで女子の声がした。

「逢沢《あいざわ》くーん」

「雑誌見たよ。かっこよかったー」

「ねえ、一緒に写真撮ってよ。他校の子に羨ましがられるんだ」

「あっ、あたしも！」

部室棟の向こうの渡り廊下だ。男子生徒が一人いて、周りに女子生徒が群がっている。たとえばアイドルとかに向ける声援を黄色い声と表現するけれど、たしかに色にするなら黄色、もしくはピンクとかの明るい色だ。剣道場に響き渡る声とは世界が違う。

「あー、あれ」

ちらりとそっちを見て、やっぱり違う世界を見る目で、主将が言った。

「あいつ、モデルやってるとかって奴だろ？」

「そうですね」

「なんだっけ、逢沢……」

すらりと細身の体に、長い手足、小さい頭。

ここからでも綺麗な顔をしているのがわかる。

「樫本、同じクラスじゃなかったか？」

「ですね」

だけど下の名前は思い出せない。まあいいやと、俺はタオルで髪を拭いた。

「うちの妹も騒いでたよ。写真撮ってきてって。なんでおれが男の写真なんか……そうだ、樫本、同じクラスなら写真撮ってきてくれよ」

さらに詰め寄られて、俺はのけぞった。結局は妹さんの言うことを聞くのか。

「いや、別に仲よくないんで」

「仲よくなくても、隠し撮りくらいできるだろう」

「それはちょっと…」

閉口して、もう逃げようと立ち上がった時だ。

「樫本！」

名前を呼ぶ声に顔を向けると、逢沢なんとかが手を振っていた。笑顔だ。

「なんだ。仲よさそうじゃないか」

「え、いや…」

同じクラスだけど、ほとんど話したことはない。応えようもなくぼんやりしていると、逢沢は腰ほどの高さの壁に片手をつき、ひらりと飛び越えた。格好いい飛び越え方だ。軽やかに駆《か》けてこちらまで来ると、逢沢は俺に顔を向けた。

「樫本、剣道部なんだよな」

「え？　ああ…」

「あのさ、俺、剣道部の見学をしたいんだけど」

渡り廊下の方を見ると、女子生徒たちが残念そうにこちらを見ていた。逃げる口実に使われたらしい。

「見学？」

俺は逢沢の顔をまじまじと見た。

モデルをやっているだけあって、整った顔をしている。茶色い髪は地毛なのか染めているのか知らないが、さらさらふわふわしていてやわらかそうだ。その髪が陽光にキラキラと輝いている。眩《まぶ》しい。睫毛が濃くて、瞳もなんだかキラキラしていて、肌が綺麗で、全体的に眩しい。直視しがたい。

「これから剣道部に入るのか？」

「だめかな」

「だめじゃないだろうけど……」

四月に部活動の紹介や勧誘があって、すでに一年生はだいたい部を決めている。別にいつ入ったっていいだろうけど、このキラキラした男が剣道部？　似合わない。でもまあ、本人がやりたいならかまわない。

「ちょうどいい。そこにいるのが主将だ」

主将の方を振り返ると、主将は慌てたように立ち上がった。

「見学、いいですか？」

逢沢に問われて、主将はにこやかに答えた。

「もちろんだ。いつでも大歓迎だ」

強面で厳しい主将は後輩から恐れられている。でも、キャラが変わっていた。

そろそろ休憩時間も終わりだ。三人で連れ立って、剣道場に向かった。

横に並ぶと、天使の輪ができている茶色い髪とつむじが見える。俺の硬くて真っ黒な髪とは全然違う。俺は地味で無骨なタイプだし、黙っていると怖いとよく言われる。華やかで明るい逢沢とはきっとミスマッチだろう。

「えーと、逢沢？　まだどこも入ってなかったのか」

「いちおう柔道部に入ったんだけど……」

柔道部。似合わない。

「俺、モデルみたいな仕事をちょっとしてて」

「知ってる。さっき女子が騒いでたもんな」

「まあ、たまに雑誌に載《の》る程度でたいしたことないんだけど」

逢沢とちゃんと話したのは初めてだけど、意外に普通の奴だなと思った。格好をつけてるわけでもないし、自分はもてるんだぞってオーラも出してない。

「でも事務所の人に柔道部はだめって言われてさ。ガニ股になるし、ギョウザ耳になるからって」

「ああ…」

「でも剣道は防具をつけるだろう？　顔なんてがっしり守られてるから、傷もつかないんじゃないかと思って」

「剣道でも怪我することはあるよ」

俺が言うと、主将も頷いた。

「多いのは、ミミズ腫れだな。防具のないところで受けると痣になる。あとは捻挫か」

「ですね。顔に傷はつかないけど、ミミズ腫れはモデルにはまずいんじゃないか？」

「そっかあ。うーん……」

剣道場に着いた。主将は中に入って部員たちに声をかける。俺は逢沢を振り返った。

「まあ、見たいんなら危なくないところで好きに見てってくれ。でも、なんで剣道部や柔道部なんだ？　逢沢なら、他に向いてる部活がいくらでもありそうだけど」

テニス部とか、ダンス部とか。汗くさくて泥くさくて暑苦しい武道なんて、まるで似合わない。

「はは。似合わないよな。わかってるんだけど」

うつむいて少し笑って、逢沢は呟いた。

「でも俺……強くなりたいんだよね」

「え？」

顔を上げるともう逢沢は笑ってなくて、俺の顔を見て、言った。

「俺、強くなりたいんだ」

逢沢はけっこう真面目に、最後まで見学をしていた。そして俺が着替えて出てくるのをわざわざ待っていて、「途中まで一緒に帰れないかな」とはにかんで言った。女子だったらキュンとくるに違いない。

「俺、自転車なんだけど」

「あ、そうなんだ。俺はバスだ…」

「それに帰って家の手伝いをしなくちゃいけないから、あんまり話してる時間はないな」

剣道部のことを聞きたいならまたにしてくれと続けようとすると、逢沢は「家の手伝い？」と首を傾《かし》げた。

「うち、酒屋なんだよ」

「へえ。お店を手伝ってるんだ。偉いね」

「配達とかしてるわけじゃないけど。角打ちって知ってるか？」

「かくうち？」

「店の一角で、試飲をしたり、簡単なつまみを出したり……まあ、ちょっと飲んでくスペースがあるんだよ。客は常連ばかりだけど。そこを手伝ってる」

「へえ」

後から知ったことだけど、逢沢の家は両親とも東京出身で、自宅は立派なマンションだった。だから地元密着の商売とか、近所づきあいとか、そういうローカルなものに妙な憧れがあるのかもしれない。角打ちスペースを見てみたいと言い出した。

「見るって、ほんとにただ店の一角なんだけど……まあ、別にいいけど」

逢沢の家は方向が同じで、俺の家から歩いて帰れないこともない。それで、自転車に二人乗りをして行くことになった。

俺の家は長良川《ながらがわ》のすぐ近くにある。それでなくても市内にはいくつもの河川や水路があって、どこにいても、近くになくても、川の気配を感じる町だ。中学も高校も自転車通学で、川沿いの土手を通った。帰宅時間に川に沈む夕陽が見られると、一日を気分よく終えられる気がする。

「ここ、自転車で走ると気持ちいいね！」

後ろの荷台に座った逢沢が、風に負けないよう声を張り上げて言った。

「俺も自転車通学にしようかなあ」

「真冬と雨の日は大変だけどな」

土手の上を走ると、遮《さえぎ》るものもなく体が風に晒される。この町の風はいつも川の匂いがする。同じ水の匂いでも、どこか陰りがあって体の底に溜まっていく雨の匂いや、磯の香りがしてべたつく海の匂いとは違う。体の中を洗うような清々しい匂いだ。

川の先には、綺麗なアーチを描いた大きな橋が見える。忠節橋《ちゅうせつばし》だ。夕陽は橋の向こうの山並みに沈んでいく。空が茜色のグラデーションに染まり、川面《かわも》にステンドグラスみたいな光のかけらが揺れている。

店は、その川から道一本隔《へだ》てたところにある。別に由緒正しい家でも歴史的な建築物でもないけれど、創業年数と築年数だけは重ねた酒屋だ。裏には昔ながらの蔵もある。黒い屋根瓦の店の前に立つと、逢沢は「うわ」と声を上げた。

「立派な家だなあ」

「古いだけだよ」

店の間口はけっこう広く、中にはずらりと酒の並んだ棚やショーケースがある。奥のレジの隣が、角打ちのスペースだ。カウンターになっていて、丸椅子が五つだけ。角打ちは立ち飲みも多いけど、うちは椅子を置いている。近所の酒好きやお得意さんがちょっと寄っていくだけの場所だ。つまみも乾きものや缶詰だけ。

「ただいま」

奥へ進むと、レジの前にいる母親が「おかえり」と顔を上げた。

商売をやっている家だから、両親はいつも忙しい。角打ちは店番の母親が対応しているけど、夕方は家事で忙しいので、高校に上がってからは手伝うようになった。

「お、博臣くん、おかえり」

今日も丸椅子に座っていたのは、近所の肉屋のおじさんと電器店のおじさんだった。ここに来る客はたいがい俺のことを子供の頃から知っている。すでにいい感じになっている肉屋のおじさんが言った。

「見るたびにでかくなるなあ」

「おとといも来てただろう。二日で大きくならないよ」

そうかと笑ってから、肉屋のおじさんは俺のうしろの逢沢に目を留めた。

「おっ、博臣くんの友達？　なんだ、イケメンだなあ！」

「ほんとだ。ジャニーズみたいだねえ」

電器店のおじさんもにこにこと言う。逢沢は面食らいつつ、「こんにちは」と愛想笑いをしていた。

「着替えてきたら代わるよ。こっち、クラスメイト」

母親に言って、俺は逢沢を振り返った。

「飲み物くらい出すから、座ってて」

「あ、うん。サンキュ」

住居は店舗と一体になっていて、レジ奥ののれんをくぐって行き来できる。家の方に入ろうとすると、母親にぐっと襟首をつかまれた。

「ちょっと、イケメンじゃないの！　あんな友達いたの？」

「え、ああ……クラスメイトだけど」

「かわいい子だねえ。ほんと、ジャニーズみたい」

さばさばして豪快な酒屋のおかみの母親までうっとりしていて、イケメンの効果はすごいなと俺は感心した。

「え、なに？　ジャニーズ？」

近くにいたらしく、中学生の妹までのれんから顔を出した。

妹の佳澄《かすみ》は逢沢をひと目見て、珍百景でも見たかのように目を丸くして俺を見た。

「何あれ。すごいイケメンなんだけど！」

「ああ……モデルやってるらしいから」

「うそ、お兄ちゃんの友達にそんなのいたの！　汗くさい剣道部ばっかりだと思ってたのに！」

「汗くさくて悪かったな。俺、着替えてくる」

「あ、あたしも着替えてくる！」

なんでおまえが着替えるんだと聞き返す間もなく、佳澄はばたばたと足音荒く階段を上がっていった。

俺はちょっとため息をついた。みんなイケメンが好きだなと思う。顔なんて、皮一枚剥けばみんな同じなのに。

二階の自分の部屋で着替えて店に戻ると、逢沢は丸椅子に座って笑顔でおじさん連中と話していた。愛想がいい。無愛想な俺とは大違いだ。

「逢沢、こっち、酒以外もあるから。何がいい？」

冷蔵ケースの中には炭酸やソフトドリンクも並んでいる。逢沢が選んだジンジャーエールをグラスに注いで、カウンターに置いた。

「ありがとう。商品だろう？　お金払うよ」

「いいよ、別に」

「でも…」

「いいのいいの、博臣の友達なんだから。こんな酒屋の隅で悪いけど、ゆっくりしてってね」

母親が気味悪いくらい愛想よく言って、奥に引っ込んだ。電器店のおじさんが俺に言う。

「博臣くん、オイルサーディン炙ってくれる？」

「はいよ」

俺は角打ちスペースの前に立ち、棚を振り返った。ずらりと並んだ日本酒には、親父手書きの札が下がっている。棚には缶詰や乾きものといったつまみも並んでいて、客が食べたいものを選ぶシステムだ。

うちは基本的に調理はしないけど、軽く炙ったり温めたり、皿に盛るくらいはする。俺はカセットコンロをカウンターに出し、焼き網を置いた。オイルサーディンの缶詰を開けてオイルを少しボウルに捨て、焼き網の上に置く。

「缶詰を直接火にかけるの？」

逢沢が訊くと、電器店のおじさんが答えた。

「そうそう。フツフツいうくらい直火にかけて、醬油をちょろっと垂らすの。これがねえ、うまいんだよ」

酒飲みの話を、逢沢は真面目に聞いている。カウンターには調味料が揃っていて、ふつふつと沸いた缶詰を皿に載せて出すと、おじさんは醬油を垂らした。

「おいしそう」

「ちょっと食べてみるかい？」

「え、いいんですか？」

「どうぞどうぞ」

おじさんは小さないわしを小皿に取り分けて逢沢に差し出す。割りばしを取ってひょいと口に放り込んで、逢沢は「おいしい！」と声を上げた。

「つぶ貝の缶詰なんかも、こうやって食べるとうまいよ。にんにく入れたりね」

「目の前で火にかけるの、楽しいなあ。樫本、俺も何か頼んでいい？　もちろん金は払うから」

「いいけど、すぐに家で夕飯なんじゃないのか」

「うち共働きで、両親とも帰りが遅いから。お金だけ置いてあるんだ」

逢沢はさらっと答えた。

「ここで晩ごはん食べていこうかな」

「……酒のつまみじゃ、腹いっぱいにならないだろ」

俺は缶詰の棚を振り返った。肉や魚、野菜に豆、フルーツ系など、種類豊富に揃ってい
る。その中から、サバ缶を手に取った。

「これでいいか？　パスタとチャーハン、どっちがいい？」

ぱっと、逢沢の顔が明るくなった。

「樫本が作ってくれるの？」

子供みたいな無邪気な顔だ。女子生徒たちやおじさんたちに見せていた、愛想のいい笑
顔とは違う。本当に嬉しそうに見えた。

「簡単なものしかできないけど」

「やった。じゃあ、チャーハンお願いします」

角打ちスペースに調理設備はないので、俺は缶詰を手にのれんをくぐった。そこで店を
覗いていた妹に言う。

「店番頼む。客が来たら呼んで」

「はあーい」

機嫌よく返事をして、佳澄はいそいそと出ていった。いつもは店番を頼むと「酔っ払いの相手なんてしたくない」と嫌がるのに。

家の中の台所では、母親が夕飯の支度をしていた。コンロをひとつ借りて、チャーハンを作る。以前から家事はやっているので、ある程度はできる方だ。缶詰は手軽だし、一人分の食事にもちょうどいい。

できあがったチャーハンを持って店へ戻ると、佳澄が袖を引いて小声で訊いてきた。

「ねえねえ。あの人、名前なんていうの？」

「逢沢」

「下の名前は？」

「知らん」

「えー、友達なんでしょ。なんで知らないの？」

「同じクラスってだけだよ。まだ六月だし」

「もー。ほんっと、お兄ちゃんって他人に興味ないんだから」

ちょうどその時、タイミングよく肉屋のおじさんが「そういや、お兄さん、名前なんていうの？」と訊いてくれた。

「逢沢春翔《はると》です」

「はるとってどういう字を書くの？」

「季節の春に、飛翔の翔――かけるっていう字です」

春に、翔ける――ぴったりな名前だなと、俺は思った。軽やかで、明るくて、ふわふわしていて。みんなの視線の上をひらりと飛び越える。

俺が逢沢春翔に抱いたのは、そんなイメージだ。これが逢沢の第一印象だった。

この時は、単にクラスメイトってだけ。それ以上でも、以下でもない。

まさかこのあとずっと逢沢と関わり続けるなんて、この時は思ってもいなかった。それも、十年も。

他人に興味がない、というのはたぶん本当だ。

泰然自若《たいぜんじじゃく》といえば聞こえはいいけど、つまりは無関心、無感動ってことだ。無気力ではないけれど、物心ついた時から酒屋の息子で長男だったから、もう家事や店の手伝いがあたりまえになっている。先代のじいさんは厳しい人だったし、いちいち反抗する方が面倒だ。だったら淡々とこなした方がいい。家のことも、学校のことも、人間関係も。剣道はまあ向いているみたいで楽しいけれど、一人で黙々とやっている方がいい。

俺はそういう人間だ。真面目でもいい人でもないし、面倒見がいいわけでもない。けれど逢沢は、それ以来しょっちゅううちの角打ちに来るようになった。高校生が酒飲みに混じって、楽しそうに夕飯を食べていく。常連さんやうちの母親ともすっかりお馴染みになった。

　帰る時は、途中まで自転車で送っていった。そうしろと母親に命令されたからだ。

　すっかり陽が落ちた土手を、逢沢を後ろに乗せて走る。夜の川は静かだ。海みたいに波の音が聴こえたりしない。だけど目に見えなくても、耳に聴こえなくても、たしかに流れている気配を感じる。

「もうすぐ臨海学校だね」

　うしろで逢沢がのんびりした声で言った。最近はうしろ向きに、俺の背中にもたれて座る。背中から逢沢の体温が伝わってくる。

　うちの高校では、一年の夏に臨海学校がある。海なし県で水遊びはもっぱら川だから、海を体験させてやろうということらしい。

「遠泳、一キロなんだよね。泳げるかなあ」

「疲れたら浮いてりゃいいんじゃないか。海なんだし」

「俺、体力ないからなあ」

　結局、逢沢は剣道部には入らなかった。やっぱり事務所に止められたらしい。「それに休日に練習や試合があると仕事に差し支えるからって」と言っていた。モデルの仕事は休みの日に東京まで行ってやっているらしい。大変だなと思う。

「樫本はすごいよな。剣道強いし、家の手伝いもちゃんとやってるし、成績だっていいだろ」

「適当にやってるだけだよ」

「俺なんか、成績悪いし、運動神経もよくないし、料理できないし」

高層マンションの明かりが見えてきた。逢沢の家だ。自転車を停める。ここから土手を下りて下の道に入るので、送るのはここまででいいと言われていた。

「でも、モデルの仕事がんばってるんだろ」

自転車を降りた逢沢に言うと、逢沢はうつむいて小さく笑った。

「がんばるなんて……俺、向いてないんじゃないかな」

「なんで？　仕事があるってことは、需要があるってことだろう」

「でもさ……」

逢沢は所在なさそうに髪をいじる。細くてやわらかそうな、茶色がかった髪だ。こういうの、猫っ毛っていうんだろうか。どんな感触がするんだろう、とちらりと思った。さわってみたいような、さわっちゃいけないような。

「顔なんて、しょせん見た目だけだろ」

笑った口の形のまま、逢沢が言った。

「何かの才能があるわけじゃないし。俺、自分の顔、嫌いなんだよね」

ちょっと驚いた。逢沢は誰にでも愛想がよくて、ちやほやされていて、みんなの人気者って立場を受け入れているように見えたから。

「顔だって才能じゃないか？」

俺が言うと、顔を上げた。

「え、そう……かな」

「持って生まれたものなんだから、芸術の才能とかスポーツの資質とかと同じだろ。でも才能だけじゃだめで、努力しなくちゃいけないってのも同じだよな。モデルだって芸能人だって、顔がいいだけじゃやっていけないだろうし」

「……」

逢沢がじっと見つめてくる。アーモンド形の綺麗な目だ。まっすぐに見つめられるとなんだか居心地悪くて、目を逸らして「よく知らないけど」とつけ加えた。

「……樫本は」

俺に視線を据えたまま、逢沢が言った。

「俺の顔、好き？」

「――は？」

面食らって、顔をしかめて訊き返した。

「あ、ちがっ…、いやあの、別に変な意味じゃなくて」

とたんに逢沢は焦った顔をして目を泳がせる。頬が赤い。耳まで真っ赤だ。

その顔をまじまじと見て、俺は答えた。

「別に、嫌いじゃないけど」

嫌いじゃない。愛想よく笑ってキラキラしている顔は俺とは違う世界の人間って感じがするけれど、焦っている顔や、うまいものを食べて子供みたいに喜んでいる顔は、悪くない、と思う。

「そ、そう？　……へへ」

へにゃっと、顔がふやけた。今度はゆるんだ顔だ。表情がくるくる変わる。おもしろい。

「えーと……じゃあ、また」

ぎこちなく言って、逢沢はリュックを肩にかけた。俺も「ああ、また」と返す。

細っこい後ろ姿が夜の町に消えていく。俺は自転車をUターンさせて、ペダルを踏み込んだ。

（変わった奴だな）

それが、逢沢春翔の二番目の印象だった。


臨海学校は、福井の海の近くにある合宿所で二泊三日で行われる。バーベキューと花火のレクリエーションがあるけれど、あとはほぼ泳ぎづめというなかなかハードな合宿だ。

「海だ！」

「でかいなあ」

「潮の匂いがするー」

海なし県の住人なので、海を見た時はみんなテンションが上がっていた。どこまでも続く青い海原。繰り返される波音。潮の匂いのする風。何もかもが川とは違う。

合宿所に着くと海についてのレクチャーがあって、そのあと水着に着替えて浜に行った。波打ち際に立つと、打ち寄せてくる波が白く泡立ってくるぶしを洗う。くすぐったい。川の水は真夏でもけっこう冷たいけれど、海の水はぬるい。波が引くと、足の下の砂が一緒に引いていく。ひたしているのは足元だけなのに、体ごと持っていかれそうだ。

「量が多い……」

ぼそりと呟くと、そばに立っていた逢沢が「量？」と訊き返してきた。

「いや、水の量が多いなと思って」

変なことを言ってしまった。でも逢沢は、「だよねえ」と笑った。

「地表の七割が海だなんて嘘みたいだけど、海を見ると納得するよね」

笑う逢沢の髪が陽光を浴びて輝いている。海辺は光の量も多くて、逢沢のキラキラ度も増している気がする。

初日は、海の泳ぎ方の指導と泳力ごとのグループ分けで終わった。夜はバーベキューだ。近くの野外施設に移動して、班ごとに調理する。

班分けは名簿順で、俺と逢沢は同じ班だった。水道で野菜を洗っていると、隣で逢沢が玉ねぎの皮を剥き始めた。

「玉ねぎってどう切るの？」

「輪切りにして、爪楊枝を刺すんだって」

「輪切りか」

いきなり包丁でダンと真っぷたつにするので、俺は慌てた。

「いや、繊維に対して直角に切らないと」

「繊維？　繊維って？」

味つけは市販のタレを使うので、調理といっても切るだけだ。けれど慣れない高校生たちは、あれこれ騒ぎながら下ごしらえしていた。

バーベキューでは、火起こしもやった。着火剤があるので難しくはないけど、みんな大騒ぎだ。逢沢はいつの間にか、隣のクラスの女子に引っ張り込まれていた。

「火起こし、こわーい。逢沢くん、やって」

「え。俺もやったことないよ」

「だって怖いんだもん。お願い」

火を起こしているだけなのに、いつのまにか女子に囲まれて、スマートフォンのカメラを向けられている。イケメンは大変だなと俺は思った。

「逢沢くんと水森《みずもり》さんってつきあってるのかな?」

近くで小声で話す声が聞こえた。うちのクラスの女子たちだ。

「水森さん、積極的だもんね。毎日電話してるって言ってたし」

「美男美女だよね」

隣のクラスのバーベキューグリルの前には、逢沢に体をくっつけるようにして立っている女子がいる。黒いミニのワンピースを着ていた。

たしかに美人だ。きゅっと吊り上がった目と目元のほくろが印象的で、ちょっと猫っぽい。でも、ミニのワンピースはバーベキューには向かないんじゃないかと俺は思った。火の粉が飛んだら危ないし、虫に刺されるし。

自然の中で食べるバーベキューはうまかった。食べ始めると、みんな好き勝手に動き回って喋ったり写真を撮ったりしている。入学して三ヶ月。そろそろクラスメイトの顔も覚えて、グループもできてくる頃だ。逢沢と美人の彼女は、その中でも目立っていた。

合宿所の部屋は、二段ベッドが並んだシンプルな部屋だった。枕投げをするようなスペースはない。しばらくは喋り声や笑い声が聞こえていたけど、教師が見回りに来て静かになった。

翌日は、朝から海に入った。学校のプールで長く泳ぐ練習はしていたけれど、実際に波があって潮の流れがあると、なかなか難しい。地元のインストラクターや水泳部のコーチも来ていて、みっちり扱かれた。

「足はバタバタさせない！　疲れるぞ」

「そこ、流されてるぞー。クロールで泳ぐ時は、時々方向を確認するのを忘れないように」

昼食を挟んで、午後もずっと遊泳訓練。最後にリハーサルのための小遠泳もあって、終わるとみんなぐったりしていた。

「樫本、持久力あるね。水泳部の次に早くなかった？　俺、ぜんぜんだめだったよ」

合宿所に戻る道すがら、逢沢が話しかけてきた。さすがに疲れたらしく、肩が落ちている。

「別にタイムを競うわけじゃなくて泳ぎきるのが目的なんだから、マイペースでいいんじゃないか」

「マイペースって、自分に自信がないとできないよね……」

モデルで、人気者で、美人の彼女もいて。そんな逢沢が自分に自信を持てない理由が、俺にはわからなかった。

夕食のあとに、砂浜で花火をやった。泳いでばかりの臨海学校の中、唯一のイベントらしいイベントだ。大きな打ち上げ花火を上げるわけじゃないけれど、海で花火という夏らしいイベントにみんな盛り上がっていた。

俺も砂浜に立って、手持ち花火に火を点《つ》けてみた。オレンジの火花がパチパチと弾ける。火花はだんだん大きくなり、シャワーのように噴き出してくる。流れ落ち、風に吹かれ、目の奥に残像を残して消えていく。

花火が消えたあと、ぼんやりと暗い海を眺めた。夜の川は静かだけど、夜の海は雄弁だ。絶え間なく続く波の音。耳をすますと、その奥にゴーッと低い地響きみたいな音がかすかに聴こえる。まるで地球が鳴っているみたいだ。圧倒的な量の水が絶えず揺れ、波立ち、渦巻いている。

海は大きい。その前に立つ自分も、花火みたいに残像だけを残してあっけなく消えていくんだろうなんて、青くさいことを考えた。

「樫本くん」

声に振り向くと、女子が一人立っていた。小日向《こひなた》という子だ。同じ剣道部で同じクラスなので、わりと話す子だった。

「あの……あの、話があるんだけど、ちょっといいかな」

小日向はショートカットの活発な子で、運動神経もいい。女子の剣道は柔軟性があって技も丁寧というイメージだけど、小日向は男子なみにスピードのある剣道をする。その彼女が、うつむいて口ごもっている。

ほんの少し、胸の中が重くなった。小石が落ちたくらいに。

「え、ああ…」

答えると、小日向はくるっと背を向けた。すたすたと歩き始める。

黙ってついていった。夜の浜辺ではあちこちで花火が光って歓声や笑い声があがってい
るけれど、よく見ると、集団からそっと離れていく人影がちらほらと見えた。二人連れで、カップルらしい。

そういえば、臨海学校で出来上がるカップルは多いと誰かが言っていた。高校に入って最初の泊まりの行事で、夏で、海。みんな青春してるんだなと、他人事のように思った。

海水浴場の端まで行くと、砂浜が途切れた。そこからはごつごつした岩場だ。危ないので行かないように教師からは言われていた。けれど小日向はためらいなく岩場に足を進めていく。浜辺の明かりが遠くなっていき、俺はスマートフォンのライトを点けた。

「小日向、どこまで行くんだ？」

「うん、あと少し……」

「足元危ないぞ」

「うん、ありがとう」

小日向もスマートフォンのライトを点け、さらに進んでいく。岩は濡れて滑りやすそうだし、転んだら大けがしそうだ。ところどころに潮だまりができていて、波が白く砕けて

いる。

岩場を通り過ぎると、小さな砂浜があった。けれど切り立った崖がすぐそばまで迫っていて、あまりスペースはない。遊泳禁止の看板が立っていた。

そこで、ようやく小日向は足を止めた。少しためらってから、ゆっくりとこちらを振り向く。地面に向けたスマートフォンの小さな明かりの中でも、頬が赤くなっているのがわかった。

「樫本くん」

化粧なんてしなさそうなタイプだけど、唇が濡れたように艶《つや》めいていた。

「あのね、あたし……中学の頃から樫本くんのこと知ってたんだ。大会とかでよく見たからさ。樫本くん、すごく強かったし、なんて気持ちのいい剣道をする人なんだろうって思ってた」

俺は答えようもなく、暗い海に目をやった。

「だから同じ高校に入れて、すごく嬉しかったの。それに同じクラスになれて……一緒に剣道ができて、やっぱり思った」

小日向は顔を上げた。逃げようもなく、俺はその視線を受け止めた。

「あたし、樫本くんのこと、好きなんだ」

「――」

「だから……あたしとつきあってもらえないかな」

小日向はまっすぐに俺を見ている。息が苦しいような、どこかが痛いような顔をしている。だけどその目は潤んでいて、小さな星が中に入っているみたいにきらきらしていた。

どうしてなんだろう、と思う。

中学の時にも、告白してくれた女の子がいた。その子も赤い頬をして、苦しそうな顔をしていた。だけど瞳はきらきらと輝いて、まるで内側で火が燃えているみたいだった。

俺にはわからなかった。その子とも、小日向とも、特別に仲がよかったわけじゃない。どうして他の誰かじゃなく俺なのか、わからない。

「――ごめん」

それが合っているのかわからないけど、謝る言葉が出た。

「俺、あんまりそういうこと考えたことなくて……小日向の気持ちには応えられないと思う」

「…っ」

小日向の肩が小さく震えた。

「じゃあ、これから考えてもらうとか……だめかな」

いつも元気な彼女の声が、細く震えていた。

言葉通り、いったん保留にしてちゃんと考えるべきだったのかもしれない。でもそういう気にもなれなくて、やっぱり俺は同じ言葉しか返せなかった。

「ごめん」

「――わかった」

うつむいて呟いてから、彼女は顔を上げた。

「ごめんね、こんなところまで来てもらって。できれば、クラスや部では今まで通りにしてくれると嬉しいな」

「ああ」

「じゃあ……あたし、行くね」

にこりと笑った目に涙が光ったのが見えて、さらに胸が重くなった。

行く時と同じようにくるっと背中を向けると、小日向は小走りで戻っていった。岩場は危ない。ついていくべきか迷ったけれど、一緒に戻るのは気が引けて、俺は動かなかった。

（あーあ）

夜空に向かってため息を吐く。暗く広がる海を眺めた。胸が重い。

小日向は普通にかわいいと思うし、同じ剣道をやっているし、他の女子より話しやすい。たとえばいかにも女の子らしいタイプより、たぶん俺と合うんだろう。

でも、心は動かなかった。少しも。

いつもそうだった。世の中には愛だの恋だのがあふれていて、この世で一番価値があるみたいに言われている。同世代の連中はみんな好きな相手や好きな芸能人がいて、一喜一憂して心を燃やしている。

だけど、俺にはわからない。今まで出会った人の中にも、テレビやスクリーンの中にも、特別だと感じる人なんていなかった。みんな、ただ目の前を流れていくだけのように思える。

人も、いろんな出来事も、生活も、ただ俺の前を流れていく。川みたいに。俺はただこなしているだけだ。

時々、思う。俺には何か大事なものが欠けているんじゃないか。だから心は石みたいに沈んだまま、誰にも心を燃やすことなく生きて死んでいくんじゃないか――

「……危ないよ」

「平気。あ、ほら、砂浜がある」

男女の声が聞こえてきて、振り返った。

こちらに二つの光が近づいてくるのが見えた。やっぱりスマホのライトを点けているんだろう。俺はライトを消していたから、こちらには気づいていないようだった。

「そろそろ花火終わるんじゃない？　戻った方がいいよ」

男の方は知っている声だ。逢沢だ。

「まだ大丈夫だよ。みんなで花火なんて、小学生じゃないんだから」

答える声は、ちょっと勝気そうだ。バーベキューの時に逢沢にくっついていた水森という女子だった。

まずいな、と思った。どうやら二人で花火を抜け出してきたらしい。ここで鉢合わせはちょっと気まずい。反対側に逃げようと、俺はライトを点けないままそろそろと移動した。

「こんなところまで来て、なんだよ」

「だから……春翔がはっきりしないからでしょ。ずっと好きって言ってるのに」

ますます気まずい。月の薄明かりの下、どうにか砂浜の反対端まで来たけれど、こっちは崖が張り出していて通れないようだった。しかたなく、俺は岩肌に背中をつけて、なるべく陰になるように身を潜《ひそ》めた。

その間も二人の会話は続いている。でも、どうも雲行きが怪しい。察するに、水森の積極的なアプローチを、逢沢が曖昧にかわしているという状況らしい。つきあっているんじゃなかったのか。

「なんでだめなの？」

「し、仕事もあるし」

「事務所には内緒にしたらいいでしょ。春翔が嫌なら、ＳＮＳにも上げない」

「いや、俺、つきあうとかってあんまり……」

「なんで？　私のこと、嫌いなの？」

「そうじゃないけど……」

はっきりとは見えないけど、水森はぐいぐい迫っていて、逢沢はうろたえている様子だった。女子に囲まれても、いつも余裕で受け流していたのに。

「かわいいって言ってくれたじゃない」

「だってそれは……待って、なんで泣くの」

「春翔がひどいからでしょ！」

ますますこじれている。水森は顔を手で覆っていて、泣いているみたいだった。逢沢が前かがみになって慰めようとしている。

と、うなだれていた水森が、突然がばっと逢沢に抱きついた。

「お願い、春翔。好きなの……！」

「っ――」

抱きつかれた逢沢の手から、スマートフォンの明かりが落ちた。

人影がひとつになって声が途切れたところからすると、キスをされているらしい。俺は気配も呼吸もできるだけ殺して、崖に背中を押しつけた。

「っ……！」

声にならない声をあげて、逢沢が水森を振り払った。

「きゃっ」

突き飛ばされた形になった水森は、よろけて砂浜に尻餅をついた。

「――」

少しの間、水森は絶句していた。それから、震える声が聞こえてきた。

「ひどい……女の子を突き飛ばすなんて」

「ご、ごめん」

逢沢は慌ててしゃがみ込んだ。

「なんでよ。デートだってしてたじゃない。毎日電話もしてたのに」

「だって……水森さんがかけてくるから」

「ひどい」

水森の声に泣き声が混じり始めた。

「私の何がだめなの？　言ってよ。春翔の言うとおりにするから」

「そ、そういうことじゃなくて」

「私、春翔のために前カレふったんだよ？　春翔が私のことかわいいって言ってくれたから。春翔のせいだよ。責任取ってよ」

「そんな」

「私、春翔じゃなきゃだめなの」

両手を伸ばして、水森はもう一度逢沢に抱きついた。

「絶対、離さないんだから」

「……っ」

しばらくの間、二人のシルエットは動かなかった。

俺はこっそり天を仰いだ。水森はちょっと度を越している気がするけれど、はっきり断らない逢沢もどうかと思う。それはそれとして、俺はどうすればいいのか……と、その時だ。

波の音に混じって、小さく嗚咽《おえつ》のような音が聞こえてきた。

最初は、水森が泣いているのかと思った。でも嗚咽というよりは、呼吸が苦しくなっているような声だ。波の合間に、ひゅうひゅうと喉が鳴っている音も聞こえる。

「春翔？」

水森がスマホのライトで逢沢を照らした。

小さな明かりの中に、立ち膝になっている逢沢の姿が見えた。うつむいた顔は見えないけど、両手で苦しそうに喉を押さえている。肩がしゃっくりをしているように跳ねていた。

「春翔!?　どうしたの？」

とっさに俺は飛び出した。

「逢沢！」

「えっ」と水森が驚いて振り返った。

「な、なにあんた。どこから出てきたの？」

水森を無視して、俺は逢沢のそばに膝をついた。

「逢沢、どうした」

逢沢は蒼白な顔色をしていた。口が喘ぐように動くけれど、うまく息ができていない。早い短い呼吸を繰り返し、肩が激しく跳ねる。喉から苦しそうな呼吸音が漏れていた。

過呼吸だ。

「あんた、先生呼んできて」

俺は水森を振り返った。水森は怯《おび》えた顔で瞬《まばた》きをする。

「早く！」

叱りつけるように言うと、慌てて立ち上がった。

もつれそうな足取りで走って岩場に向かう。その後ろ姿に向かって、「岩場、気をつけろよ」と声をかけた。

「あんたが転ぶと困るから」

水森は振り返ってこくりと頷くと、少ししっかりした足取りになって、岩場を進み始めた。

俺は逢沢に目を戻した。切羽詰まった顔をして、激しく胸と肩を震わせている。その背中に手をおいた。

「逢沢、大丈夫だ」

「……」

ヒクッ、ヒクッと喉を震わせながら、逢沢は目を動かして俺を見た。涙が滲んでいた。

「大丈夫。息はできてる。慌てなくていい。ゆっくり深呼吸をするんだ」

過呼吸は、激しい呼吸を繰り返すことで血液中の炭酸ガス濃度が下がり、血管が収縮してしまう状態だ。そのまま続くと、手足が痺れたり痙攣《けいれん》が起きたりする。剣道の大会中に女子が過呼吸になったことがあって、対処法は知っていた。

「そんなに急がなくていい。ゆっくり……もっとゆっくり呼吸して。吸って、はい、吐いて……そう、上手だ」

できるだけゆったりと話しかけながら、背中を大きく撫でる。苦しさからさらに激しく息を吸うと悪化するので、とにかく不安をやわらげること、ゆっくり呼吸することが大事だ。

「大丈夫だ。ほら、ちゃんと息ができてるだろう？　ゆっくり、ゆっくりでいい。その調子だ。よし、じゃあ三秒かけて息を吐くぞ。吸って、はい吐いて……いち、にい……さん。そう」

「……は、はあ……」

少しずつ呼吸が落ち着いてきた。そのまま背中を撫でながら、ゆったりとした呼吸を促《うなが》す。

「上手い。もう大丈夫だ。よし、じゃあ今度は五秒かけて吐くぞ。吸って、はい、ゆっくり吐いて……いち……に……」

吸うよりもとにかく吐くことを意識させていると、だんだん呼吸の乱れも肩の揺れも治まってくる。苦しそうな様子が消えて、顔色も少しよくなってきた。

そのままゆっくりとした呼吸を繰り返させていると、逢沢はほぼ普通の呼吸ができるようになった。瞬きすると、涙がひとつぶ砂浜に落ちた。

「おーい。大丈夫かー」

そこに、岩場の方から懐中電灯の明かりが近づいてくるのが見えた。先生だ。

「ここです」

俺はスマホの画面を点けて振った。体育教師と、合宿に同行している養護教諭の姿が見える。その後ろから水森もついてきていた。

「どうしたの？」

養護教諭が逢沢の前にしゃがみ込んだ。

「過呼吸みたいで……でも、だいぶ落ち着いてきました」

俺が言うと、逢沢も「もう大丈夫です」と答えた。

「あなた、持病はある？」

「子供の頃、喘息で……でも、もう治ってました」

「そう。胸は苦しくない？　他に苦しいところや痛いところは？　頭痛や吐き気はない？」

養護教諭が質問を重ね、熱や脈を計る。逢沢は落ち着いて答えていた。ひと通り状態を見ると、養護教諭は体育教師を振り返った。

「今は落ち着いているようです。念のため、もう少し安静にしてから戻りましょう」

「わかりました。じゃあ、逢沢には先生たちがついてるから、おまえら、もう戻れ」

体育教師は俺と水森を散らすように腕を振った。

「えー、心配だから私もいます」

「いいから。もう花火は終わってるぞ。合宿所に戻りなさい。だいたい、なんでこんなところまで来てるんだ。先生の姿が見えるところにいろって言っただろう」

体育教師は生活指導もやっていて、怖い先生だ。強面で睨まれて、水森は不満そうにしながらも引き下がった。

俺も戻ろうと立ち上がった。すると、逢沢が声をかけてきた。

「樫本」

振り返ると、逢沢は小さく微笑《わら》った。

「ありがとう」

「ん」

いつもの愛想のいい笑みだったのが少し気になったけれど、とりあえず安心した。

合宿所に戻り、同室の連中には逢沢は具合いが悪くなったと説明した。すぐに風呂の時間で、大浴場へ行く。風呂から戻ってきても、逢沢はまだ部屋にいなかった。

就寝前の点呼まで、まだ少し時間がある。俺は一階の和室に行ってみた。

ここは引率の先生たちの休憩室で、救護室も兼ねていると言われていた。引き戸をノックしてみると返事があって、養護教諭が戸を開けてくれた。

「ああ、ええと、樫本くん、だったかな」

「はい。逢沢の具合いはどうですか？」

「大丈夫。もう部屋へ戻ろうとしてたところよ」

畳に布団が敷かれていたけれど、逢沢は座った状態だった。俺の顔を見て、立ち上がる。顔色もよく、もう普段通りに見えた。俺に笑いかけてから、養護教諭に頭を下げた。

「先生、お世話かけました。もうなんともないですから」

「そう。遠泳、無理そうだったら休むのよ」

「たぶん大丈夫です」

「樫本くん、大変だったわね。でもあなたのおかげで落ち着いたみたい。ありがとう」

いえ、と俺も頭を下げる。引き戸を閉めると逢沢は振り返って、にこりと笑った。

「喉乾いたな。自販機行かない？　おごるよ」

合宿所のロビーには、自動販売機とベンチが置かれたスペースがあった。その一角以外はすでに明かりが落とされている。受付にも人はいないようで、ロビーはしんとしていた。

「樫本、ほんとにありがとうな。的確な対処だったたって先生も言ってたよ」

「いや。たまたま知ってただけだから」

お礼だと言うので、缶コーヒーをおごってもらった。逢沢はペットボトルのサイダーを買う。合皮のベンチに向かい合って腰を下ろした。

「逢沢、喘息だったのか?」

「あー、うん。でも子供の頃のことだから、今はぜんぜん平気なんだけど」

逢沢がペットボトルの蓋を開ける。プシュッと音がして、細かい泡がいっせいに湧き上がった。逢沢にはサイダーが似合うなと思う。

ごくごくと一気に半分くらい飲み、小さく息をこぼしてから、逢沢は言った。

「喘息ってさ、咳それ自体の苦しさもあるんだけど、発作が起きる前の、あ、来るって感じがすごく怖いんだよね」

視線は両手で持ったペットボトルに落ちていて、口元には軽い笑みが浮かんでいた。

「発作が起きるちょっと前に、自分でわかるんだ。ああ来る、って。苦しさを思い出すからすごく嫌なんだけど、自分では止められない。怖くて怖くて――なんか、うしろに影が立ってるみたいなイメージだったな」

なんでもないことみたいに、逢沢は話す。サイダーみたいなさわやかな声で。

「子供だったから、怖いことをそんなふうにイメージしてたんだろうけど。すぐうしろに影が立ってる。あいつにつかまると、悪いことが起きる。怖い。逃げなくちゃ。でも逃げられない――」

ちょっと、ぞくりとした。逢沢が笑っているから、よけいに。

「でももうすっかり治ってたんだけどね。なんか、その時の感じを思い出したよ」

顔を上げて言って、逢沢はまたサイダーを飲んだ。俺も缶コーヒーを飲む。微糖と書いてあるけど、けっこう甘い。それで唇と喉を湿《しめ》して、口をひらいた。

「何かストレスでもあるのか？」

過呼吸はストレスや不安が引き金になって起こることが多い。普段だったら、俺は他人のプライベートになんて立ち入らない。つい訊いてしまったのは――逢沢が笑っているからだ。

「……」

目を伏せて、逢沢は少しの間黙っていた。言いたくないなら言わなくていいと止める前に、口をひらいた。

「……くろ」

小さな声だった。聞き取れなくて、「え？」と聞き返す。

「俺、顔にほくろがある人が怖いんだよね」

「え。どうして」

「子供の頃、誘拐されたことがあって……」

「誘拐⁉」

大きな声をあげてしまった。逢沢はとりつくろうように片手を振る。

「あ、いや、連れ去りっていうのかな」

どっちにしろ大ごとだ。

「半日くらいで、何もされなかったし、事件にもなってなくて親も知らないんだけど」

「親が知らない？」

ますます訝《いぶか》しんで顔をしかめてしまう。逢沢は少しの間、言葉を探すように視線をさまよわせていた。

「俺は同じマンションの人だと思ってたんだけど……ほんとは違ったみたい。その人は、顔に目立つほくろがあったんだ」

そういえば、水森は目の下にほくろがある。美人だし、目元のほくろもチャームポイントという感じだったけど、逢沢には恐怖だったらしい。

「俺、小二の時まで東京にいたんだ。最初に会った時、その人はマンションの廊下で何か探してるみたいにうずくまってた。うちのドアのすぐ前だったから、家に入れなくて……

思い切って声をかけたんだ。そしたらコンタクトレンズを探してるって。それで、一緒に探した」

「男？　女？　何歳くらい？」

「うーん……子供だったから、年齢はよくわからないな。大人のお兄さんって感じ。ひょろっとして、背の高い男の人だった。目元と口元に大きくて目立つほくろがあった。今はもうそれしか覚えてなくて、顔も覚えてないんだけど……でも、怖い人じゃなかった。コンタクトは見つからなかったけど、特撮とかアニメの話をした。それから何度か廊下やエレベーターで会ったから、マンションに住んでる人だって思い込んでたんだ」

「違ったのか？」

うんと頷いて、少し考えてから、逢沢は言った。

「俺、子供の頃、児童劇団に入ってたんだよね」

「児童劇団？」

「小さい頃は体が丈夫じゃなくて……人見知りだったし、暗い子供だったんだ。チビで痩せてたし」

今の逢沢とはずいぶん違うなと俺は思った。

「それで、母親が児童劇団に入れたんだ。同じマンションに劇団に通ってる子がいて、人見知りが治るかもって。喘息は薬でだいぶコントロールできるようになってたし」

「へえ」

「その子のお母さんがすごく親切で、自分の子と一緒に送り迎えしてくれたんだよ。うちの母親は働いてて、休日や夜も忙しいから、子供を預けられてちょうどよかったんじゃないかな」

「楽しかったか？」

俺が訊くと、逢沢は首を傾げた。

「うーん……最初のうちは嫌だったんだよね。もっと大きな声を出してとか、笑顔で歌ってとかさ」

児童劇団がどんなところなのかは知らないが、ミュージカルみたいなものをやるのかなと想像してみた。

「でも舞台を観てるうちに、舞台の上でなら、現実とまったく違う世界で、まったく違う自分になれるんだって思うようになって……俺、自分が嫌いだったから」

逢沢はたまにそんなふうに言う。どうしてだろうと思ってはいたけれど、深く訊く気はなかった。これまでは。

「そのうちに喘息もだんだん治ってきて、ダンスのレッスンもあったから、体力もついてきて——でもある日、同じマンションの子が稽古中にケガしちゃったんだ。それでお母さんが病院に連れていった」

その母親は、逢沢の母親に電話をした。でも繋がらなくて、子供を迎えにきてほしいとメッセージを入れた。

「だけど稽古が終わっても、うちの母親は来なかった。たぶん携帯を見てなかったんだろうな。どんどん人がいなくなるし、稽古場は閉めなくちゃいけないから、一人で帰ることにしたんだ。まだ明るい時間だし、電車だって一人で乗れる。家に一人でいるのは慣れっこだし。そう思ってた」

「親父さんは？」

「うち、父親も仕事が忙しくて帰りが遅いんだよね。出張や休日出勤も多かったし」

「……」

うちは商売をやっているから、両親のどちらかは必ず家にいる。妹もいるし、昔は祖父母もいた。客の出入りがあるから、家はいつも賑やかだ。子供の頃は、うっとうしいと思ったこともないわけじゃない。

だから、想像できなかった。一人っ子で鍵っ子の逢沢が、マンションの部屋で一人でどんな気持ちでいたのか。

「それで電車に乗ろうとしたら、駅であの男が声をかけてきたんだ」

「コンタクトを探してた男か？　どうしてそこにいたんだ？」

「偶然だねって言ってた。一人なの？　家まで送ってあげるよって。首から大きなカメラを提げてた」

同じマンションに住んでいる人だからと、逢沢は疑うことなく一緒に電車に乗った。

「でも別の駅で降ろされて、別の建物に連れていかれて……古い団地みたいなところで、家に人はいなかった。いろいろ訊いたんだけどちゃんと答えてくれなくて、でも特撮のDVDを見せてくれたり、お菓子をくれたりした。それで一緒にいたんだけど……」

逢沢の顔はだんだん下を向いていく。連動するように、声も沈んでいった。

変に喉が渇いて、俺はコーヒーをごくごくと飲んだ。やっぱり甘い。ロビーは静かだけど、遠くからかすかに潮騒《しおさい》の音が響いてきた。

「だんだん怖くなって、その人がトイレに行ってる隙に隣の部屋をこっそり覗いたんだ。開けちゃだめだよって言われてたんだけど。そしたら――か、壁にたくさん写真が貼ってあって」

逢沢の喉が、ヒクッと震えた。

「俺と同じくらいか、それより下の男の子の写真ばかりだった。俺の写真もあった。びっくりして立ちすくんでたら、開けちゃだめって言っただろうって、後ろに立ってて」

俺は顔をしかめた。高校生の今に聞いても、ぞっとする状況だ。

「そいつ、ずっと俺を見てたって言うんだ。なんにもしないよ、ただ一緒にいたいだけだよって」

逢沢が手に持っているペットボトルのサイダーの泡は、もうずいぶん少なくなっていた。逢沢の目は、その泡を見つめているように見える。

「でも俺が帰りたいって泣き出したら……ほ、包丁を持ち出してきて」

「――」

「一人にしないで、君がいなくなったら死ぬって言うんだ。包丁の先を、自分の喉に向けて」

逢沢は片手を上げて、自分の喉を覆うように押さえた。

「自分が刺されるのも怖かったけど、死ぬって言われるのも怖かった。怖くて怖くて……そのあとのことは、よく覚えてないんだ。俺はたぶんずっと泣いてて、泣き疲れて眠っちゃったみたいで」

そうしたら、男に起こされた。家に連れていってあげるよと言われた。

「どうして帰してくれたんだ？」

「一度、玄関のチャイムが鳴った覚えがあるんだ。そいつは出なくて、俺は口を塞がれて声を出すなって言われたんだけど……もしかして泣き声で近所の人がおかしいって思ったか、通報されたのかも。それで帰そうって思ったんじゃないかな」

俺は吐息をこぼした。チャイムを鳴らした人がいてくれてよかった。下手したら最悪の事態になっていたところだ。

「それでタクシーに乗せられて……外はもう真っ暗だった。ずっと隣でカッターを突きつけられてたから、声は出せなかった。マンションの前まで連れていかれて、じゃあねって言って、そいつはいなくなったんだ」

話し終えて、ひとつ荷物を下ろしたみたいに、逢沢は肩の力を抜いて長く息を吐いた。

「だけど、そんなに遅くまで帰ってこなかったら、さすがに親が気づくんじゃないか？」

逢沢は言いにくそうに答える。

「うちの母親、水商売なんだよね。ママ友には隠してたみたいだけど」

「ああ…」

「母親はまだ帰ってなくて、父親もその日は出張か何かでいなかったんだ。俺は鍵を持ってたから、家に入ってベッドに潜《もぐ》り込んだ」

「親が帰ってきた時に話さなかったのか？」

「……」

逢沢の手はまた自分の喉に触れる。苦しくなる予感がするのか、それともそこに見えない何かを突きつけられている気がするのか。

「そいつさ、言ったんだ。タクシーに乗せる前に、俺の頬を両手で挟んで……誰にも言っちゃだめだよ、言ったら罰ゲームだよ、って」

「罰ゲーム……」

背筋がぞわりとした。普通に使うならなんでもない単語なのに、嫌な響きだ。

「そ、その時の、笑った口元のほくろから目が離せなくなって…。そいつは言ってた。君をずっと見てるよ、いつかきっと迎えにいくよ、って……」

逢沢の呼吸が速くなる。ひょっとしてまた発作が起きるんじゃないかと、俺は身構えた。

「き…、君の中に、種を植えたって」

「種？」

「花が咲いたら、迎えにいくよ、って」

「――」

伏せた目の端に、涙がうっすら滲んでいるのが見えた。

発作は起きなかった。逢沢は肩を大きく上下させて、震える長い息を吐いた。

俺は缶コーヒーをベンチに置いて立ち上がった。

「大丈夫だ！」

いきなり声を上げると、逢沢はびくっと顔を上げた。

「大丈夫だ。怖がることはない」

逢沢の両肩に手をおいて、潤んだ目を見つめる。長い睫毛に縁取られた、綺麗な目だ。

こんな時なのに、ちょっと見惚れた。

「おまえはもう小さな子供じゃない。体も大きくなったし、喘息だって治ったんだろう？」

「……うん」

「逢沢、言ったよな。強くなりたいって。俺に剣道を教えてくれたじいさんが言ってた。強くなりたいって思った瞬間から、人は強くなっていくんだって」

「――」

「おまえは強い」

（何をやってるんだろうな）

必要以上に力を入れて言いながら、頭の片隅で、俺は思っていた。似合わない。こんな熱血コーチみたいな真似、俺には似合わない。俺は剣道部の堅物で、他人に興味がなくて、一人が好きで。逢沢のことだって、向こうが勝手に来るから相手にしていただけだ。

でも、泣かないでくれ、と思った。祈るように。

その目から涙をこぼさないでほしい。今、逢沢に泣かれたら、俺はどうしたらいいのかわからない。だから泣かないでいてくれるなら、なんだって言う。なんだってする。

「大丈夫だ。そんな変態野郎、今なら返り討ちだ！」

肩においた手に力を込めて言うと、逢沢の口元がふっとゆるんだ。

「……ふ」

目元もゆるむ。ぱちぱちと瞬きをして、涙を引っ込めた。

「うん」

逢沢は笑った。愛想笑いじゃない。綺麗なモデルの笑みでもない。泣いたあとの子供みたいな、くしゃくしゃの顔で。

「うん……ありがとう」

誰かが笑ってくれるのが嬉しいと、初めて、心から思った。


翌日の遠泳大会では、逢沢は棄権することなく、ちゃんと最後まで泳ぎきった。事故も脱落者もなく、最後に全員で合宿所の掃除をして、臨海合宿は無事に終わった。

その後、学校は夏休みに入った。だけど大会があるから、剣道部は毎日のように練習がある。俺は朝は学校の課題、昼は部活動、夜は店の手伝いという生活を送っていた。

夏休みに入っても、逢沢は店にやってきた。俺も角打ちスペースで夕飯をとって、送っていくために店を出る。

その日は、自転車を引いてくる時に一緒に持ってきたものを逢沢に差し出した。

「やる。持って」

「え」

竹刀の入った竹刀袋だ。逢沢に押しつけ、むりやり持たせる。俺は自転車に跨《また》がった。

「うしろ、乗って」

「え、あ、うん」

竹刀袋には肩にかけるベルトがついている。逢沢はベルトを肩にかけて、荷台に乗った。

俺は自転車を走らせていつもの土手に行った。なるべく平らで砂利のない、草も伸びていない場所を探して土手を下りる。

竹刀袋をもらい、竹刀を取り出す。持ち運ぶ時は鍔《つば》と鍔止めを外すので、それを取りつけた。

「持って」

ぐいと逢沢に差し出す。逢沢はとまどいながら受け取った。

「構えて」

「こ…こう?」

逢沢は両手で竹刀を持って構える。絵に描いたようなへっぴり腰だ。吹き出してしまった。

逢沢はびっくりしたように目を丸くした。

「笑った」

「え?」

「樫本が笑ってくれたの、初めてだ」

俺は面食らって瞬きして、顎を引いた。

「そうか？　普通に笑うだろ」

「お客さんや妹さんには笑ってるの見たことあるけど、俺に笑ってくれるのは初めてだよ」

「そうだったかな……」

逢沢はにこにこと嬉しそうに言う。ばつが悪いというか、照れくさいというか。俺は口元を手で覆って顔を逸らした。

「剣道、教えてくれるの？」

「ああ。その竹刀もやる。家に置いておけば、防犯になるだろ」

「もらっていいの？」

「高いものじゃない。竹刀は消耗品だからな。あとで手入れの仕方も教えてやるよ」

まずは構え方からだ。俺は逢沢のすぐうしろに立った。

「まず、右足を一歩前に」

「うん」

「足は軽くひらいて。拳《こぶし》ひとつ分くらい。左足の爪先が右足のかかとより前に出ないように」

「こうかな」

「よし。次は握り方。利き手は右か？　じゃあまず、左手でしっかり握って。もっと下。

柄《つか》が出ないくらい。もう少し内側に絞る感じで」

背後から覆いかぶさるようにして、手に手を添える。

「右手はここ。人差し指が鍔に触れるくらい。肘を軽く曲げる。もっとやわらかく握って。卵が割れないくらいを意識しろ」

「え、卵が割れない？」

「そう。両手でぐっと握っちゃだめだ。手首を充分にやわらかくして、左手が体の中心に来るように——これが基本」

背中から離れて、逢沢の前に立つ。

「肩をそんなに張らない。肩も肘もやわらかくして、息を丹田《たんでん》に収める」

「た、たんでん？」

「ここだ」

逢沢のそばに近づいて、手のひらで軽く腹を押さえた。へその下あたり。

「ここが、体の中心だ。息をする時は、この丹田を意識しろ。腹で吸って、腹で吐く。自分の中心を丹田に集める感じで」

手をあてたまま、呼吸をさせる。

「吸って、吐いて……もっとゆっくり、長く吐いて。ざわついた意識を沈めて、重心を丹田に置く。——そうだ。中心が決まれば、揺らがない」

手を離して、竹刀を構えた逢沢の前に立つ。ぴたりと静止して、隙がない。悪くない。

「緊張する時や、落ち着きたい時は、今みたいに意識して丹田で呼吸するといい。自分の中心がきちんと定まっていれば、外側で何があってもぐらつかない。大丈夫だ」

「……うん」

逢沢はきゅっと唇を噛み締めた。

「よし。竹刀の先を俺の喉元に向けて。俺の息の根を止めるくらいの気持ちで」

「え、う、うん」

逢沢は真剣な顔をして、真正面から俺を見据えた。なかなか決まっている。

「じゃあ、とりあえず一本打ってみて」

「えっ。樫本、防具もつけてないのに」

俺はわざと意地悪そうに笑ってみせた。

「心配しなくても、そんなへっぴり腰、防具なんかいらない」

「言ったたな。よーし。やあああっ！」

少年剣士みたいなかけ声を出して、逢沢は竹刀を振りかぶって向かってきた。声は勇ましいが、てんでなってない。ひょいとよけると、力まかせに振った竹刀に振り回されて、つんのめって転びそうになった。

「おっと」

横から手を伸ばして、腹を支える。

「体幹がぐらぐらだな。子供の頃、ダンスの練習したんだろう」

「も、もうずっとやってないから……」

すでに呼吸が乱れている。体力もない。

「体幹はすべての基本だ。筋トレもやった方がいいな。あとはランニング。最初は軽いメニューでいい。続けていれば、体力はつく」

「はあい」

俺の腕にくたりと洗濯物みたいに寄りかかって、子供みたいに逢沢は答える。起き上がらないなと思ったら、下を向いてくすくす笑っていた。

「なに笑ってるんだ」

「自分が弱すぎて、おかしくって」

「だから練習するんだろう。ほら、もう一度、さっきの上段の構えから」

「強くなったら、俺と勝負してくれる？」

逢沢は顔を上げて俺を見た。目がきらきらしていた。

「ああ。強くなったら、防具つけて本気でやってやるよ」

「楽しみ」

言って、反動をつけて、逢沢は俺の腕から身を起こした。

それから夏休みの間中、逢沢が夕飯を食べにきた日は、川原で剣道の稽古をした。逢沢は毎日のようにやってきた。ランニングや自宅でのトレーニングも真面目にやっているようで、最初はへっぴり腰だったのに、一ヶ月もすると様になってきた。

少し形になってくると、素振りだけじゃつまらないので、通っている道場の師範に頼んで道場の片隅を借りた。互いに防具をつけて、打ち込みや掛かり稽古をした。

剣道部の夏の大会では、俺は個人でそこそこの成績を収めた。おかげで副将をやらされることになり、角打ちスペースで逢沢に愚痴《ぐち》ると、「試合、見にいきたいなあ」とうらやましそうに言った。

「見にくれば」

「うん」

だけど、逢沢が俺の次の試合を見にくることはなかった。

明日、東京に引っ越すんだと言われたのは、いつもの川原で剣道の稽古を終えたあとだ。夏休みがあと一週間で終わるという日だった。

「え」

俺はどう反応したらいいかわからなかった。普段から表情に乏しいと言われているから、たぶんいつもと変わらなかっただろう。

「両親が離婚してさ、父親は東京の本社に戻ることになって……ていうか、父親の転勤を機に離婚が決まったんだけど。母親はこっちで自分の店を持ってて、なんか恋人もいるみたいだし。うちの両親、もうずっと冷えきってたんだよね」

「……」

俺は何も返せなかった。こんな時になんて言えばいいのかなんてわからない。俺たちはまだ高校生で、自分ではどうすることもできないことばかりだ。

「で、男がいる母親と暮らすのもあれだし、父親についていこうかなって。事務所の人も、東京に来れば仕事の幅が広がるよって言ってくれたし……」

あたりはもう暗い。川面は暗く黒く、さらさら流れるかすかな音と橋の明かり、川面に落ちた月だけが、流れている川の存在を示している。

「臨海合宿の前には決まってたんだけど、合宿行きたかったし、変な空気になるのも嫌だから、先生には黙っててもらったんだ。夏休み中に編入試験を受けて、転校先も決まった」

「……そうか」

俺は口が上手くない。今までは別にそれでいいと思っていた。そんなに伝えたいこともないし、伝えなくちゃいけないこともない。

でも、今は。

今は、何か言わなくちゃいけない気がした。笑っている逢沢に。他の表情を隠すためみたいに、ずっと笑っている逢沢に。

でも、何を言えばいいのかわからない。落ち着いているとかしっかりしているとか言われるけど、俺なんてしょせん十六のガキだ。手も足も出ない。

「樫本にも、ちゃんと言わなくちゃって思ってたんだけど……でも、剣道を教えてくれて、嬉しかったから」

笑った顔がだんだんうつむいていく。逢沢は片手を上げて髪を直す仕草をした。

「樫本とここで剣道するの楽しかったから……ごめん」

手を下ろして、逢沢は深く頭を下げた。

「黙っていて、ごめんなさい」

「――」

まだ八月なのに、草むらから小さく虫の声が聞こえた。昼間はまだ暑いのに、いつのまにか季節は秋へ向かい始めている。俺が何も言わないうちに、時間はどんどん過ぎていく。

「別に……」

俺はどうにか言葉を探した。

「別に、謝ることじゃない」

こんなことしか言えないのか、と思う。情けない。

「俺、引っ越しても、剣道の稽古は続けるから」

顔を上げると、逢沢は竹刀を体の前で握り締めた。

「少しは強くなってきた気がするし……竹刀、大切にするから」

「竹刀は消耗品だ。割れたり大きなささくれができたら買い替えろ」

「あ、…うん」

俺は逢沢に近づいて、竹刀の鍔に手を触れた。

「この鍔は、中学の時に県大会で優勝した時のものなんだ。よければ持っていってくれ」

「うん……うん」

逢沢はぶんぶんと頭を振って頷く。それから、地面を見たまま口をひらいた。なんだか思いつめたような口調で。

「も…、もうひとつ、お願いがあるんだけど！」

「なんだ」

逢沢はハーフパンツのポケットからスマートフォンを取り出す。それを俺に突きつけた。

「あ、あのさ……すごく変なことを言うけど……これに、樫本の声を録音してくれないかな」

「声？」

意味がわからず、俺は聞き返した。

逢沢はまだ俺を見ない。その顔が、さあっと赤く染まった。耳や首まで。まるでリトマス試験紙みたいに。

（うわ）

その赤い血の色を見た瞬間、体の奥の奥が、ざわっとした。底から掻《か》き回されるみたいに。

「あの、あのさ、前に映画で見たんだけど……世界中を旅している人が、出会った人の写真を撮るかわりに、その人の声を録音して持ち歩いてるんだ。声を聴くと、写真よりもはっきり思い出せるからって」

声。

俺はなんとなく自分の喉元に触れた。俺の声？

「声を聴くと、たしかにすごく近くに感じられるよね。俺……俺さ、あいつのことを思い出して怖くなった時とか、息が苦しくなりそうな時、樫本の声を思い出した。臨海合宿の時に、大丈夫だ、って言ってくれた声」

「――」

「大丈夫だ、ゆっくり息しろ、おまえは強い――そう言ってくれた樫本の声を思い出すと、落ち着くんだ。嘘みたいに呼吸が鎮《しず》まる。大丈夫だって思える」

あんな言葉が。

あんなのマニュアルみたいなものだ。とりあえず落ち着かせようと、教科書通りに繰り返しただけだ。

でも、逢沢を助けたかったのは本当だった。地上にいるのに溺れているような逢沢を、引っ張り上げたかった。泣かないでほしいと、心から願った。

「……ほんとは東京に戻るの、ちょっと怖いんだ。でも、樫本の声を思い出すことができたら、大丈夫だって思えるから」

声がまた少し震え出した。口の端が引き攣《つ》る。痙攣のような、惰性の笑いのような。

東京には、樫本を誘拐した男がいる。迎えにいくよと言った、ほくろのある男。

「だ、だから、いつでも聴けるように樫本の声を録音しておきたいんだ。お、おかしな奴だって思うかもしれないけど。女々《めめ》しいこと言ってるって自分でも思うけど！」

モデルで、人気者で、愛想がよくて、いつもキラキラしている逢沢が。

今は赤くなって、うっすら汗を掻いている。しどろもどろに、必死に喋っている。

嫌だな、と思った。

録音なんて。写真の代わりに声を残しておくなんて。そんなの――そんなの、俺が思い出になるみたいじゃないか。もう二度と会わないみたいじゃないか。

（嫌だ）

自分でも驚くくらい強く、嫌だと思った。

「断る」

「えっ…」

きっぱり言うと、逢沢は叱られた子供みたいにびくっとした。

「そ…、そっか」

スマートフォンを持った手を下げて、踵《かかと》が逃げるように少し下がる。それから、また口の端を引き攣らせた。

「ごめん、変なこと言って」

目が泳いで、唇が震えている。無理に笑おうとする逢沢に、俺は言った。

「別に録音なんかしなくても、電話で話せばいいだろう」

「え」

俺は逢沢が手に持っているスマートフォンを指さした。

「それはそもそも電話だろう？　まあ、録音もできるけど。録音なんかしなくても、電話で話せばいいじゃないか」

「……電話、していいの？」

やっと、逢沢は俺を見た。

「ああ。好きなだけかけてこい。おまえが調子悪い時に出てやれるかはわからないけど……しょっちゅう喋ってれば、別に録音なんかしなくても、声くらい思い出せるだろう」

「そ…そんなこと言ったら、俺、ほんとにしょっちゅう電話かけちゃうよ」

片手に竹刀、片手にスマートフォンを握って、顔を赤くして、逢沢は言う。なんだかむきになっているみたいに。

「ああ、いいよ」

「こ、こう見えて、俺、友達少ないんだよ。八方美人だからさ」

「自分で言うなよ」

「それに、実は今だって人見知りで怖がりなんだ。だからきっと東京に戻ったら、すごく寂しくなるよ。樫本と長良川を思い出して、泣きたくなるよ」

文句を言うみたいに早口で、逢沢はまくしたてる。目元を赤くして、本当に泣き出しそうな顔で。

（ああもう）

もうわかった。認める。俺は優しい人間じゃないし、他人に深入りしたくはない。だけど——どうしてか、逢沢のことは放っておけないんだ。逢沢が泣くのは嫌なんだ。

「じゃあ、こうしよう。一日一回、俺に電話しろ」

逢沢はぱちりと目を見ひらいて、俺を見た。

「一日一回？」

「ああ」

そう言ったのは、かけていいと言ったところで、結局遠慮してかけてこないんじゃないかと思ったからだ。引越しする友達に「電話するよ」「手紙書くよ」とその時は盛り上がっても、数回やりとりしてそれっきりなんてよくある話だ。それに女子じゃないから、用事がなければ電話なんてなかなかしない。だったら、決まりにしてしまった方がいい。

「一日の終わりがいいな。家に帰る時でも、夕飯の後でもいい。それなら俺も出やすい。今日何があったとか、何を食べたとか、そんなことでいいから報告してくれ。そしたら俺も安心する」

「……」

「遠くに行っても、逢沢が元気でやってるってわかったら、安心するよ」

こんな言葉を言っていても、俺はたぶん無愛想で無表情だ。逢沢は顔をくしゃくしゃにして唇を噛み締めた。何かが込み上げてきたみたいに、ひくっと喉が震える。

「…っ」

ああだめだ。やっぱり泣くのか。お願いだ。泣かないでくれ。

その時、どうしてそんなことをしたのか——込み上げてきた何かに突き動かされるように、俺は逢沢の腕をつかんだ。そしてぐいと引き寄せて、抱きしめた。

「大丈夫だ」

「——」

「大丈夫だ。がんばれ」

言って、喝を入れるように背中を強めに叩いた。

「っ…、うん」

逢沢は頷いた。俺の肩口に顔を埋めて、声を殺して、何度も何度も。


翌日、逢沢は引越していった。

新学期が始まって担任から転校を告げられると、みんな驚いていた。逢沢は学校の有名人で人気者だったから、ショックを受けていた生徒は多い。女子はずいぶん騒いでいた。けれどしばらくすると、逢沢のいない教室は日常になった。逢沢に迫っていた水森には、いつのまにか彼氏ができていた。

その後は、俺は一度も逢沢には会わなかった。高校を卒業するまで、一度も。

◇◇◇　十八歳

初めて樫本をちゃんと認識した時、俺は樫本だとわかっていなかった。

いや、クラスメイトだったから、顔は知っていた。樫本はクラスでも存在感がある方だったし。長身で、しっかりした眉と強い目をしていて、いつも姿勢がいい。まっすぐ伸びた竹みたいだ。あまり軽口を叩かない方で、女子からはなんとなく遠巻きにされている。

高校に入学して間もない頃で、俺は樫本が剣道部だということは知らなかった。俺は柔道部に入ったけどやめることになって、部長に挨拶するために武道場に行った。その時のことだ。

武道場には、マットが敷かれた柔道場と、板張りの剣道場がある。柔道場を出た時、隣から威勢のいい声が聞こえてきた。

剣道かあ、防具が重そうなんだよなあと思いながら、俺はなんとなく剣道場を覗いた。どういう状況かわからないけど、その時は二人が試合をしていた。他の部員たちは壁際に座っていて、面を取っている。対峙している二人は防具を全部つけているので、顔はわからなかった。二人のうちの片方はお腹に名札をつけているけど、もう一人はつけていない。

練習のはずだけど、空気が張りつめているのを感じた。周りの部員たちはひとことも喋らずに見つめている。二人とも竹刀を構えたまま、足でリズムを取るように間合いを取っている。時々、竹刀の先を細かく叩き合わせるけれど、双方とも大きくは動かない。

名札をつけている方が優勢なのかな、と思った。どんどん間合いを詰めていって、もう一人は下がっていくから。体格も勝っている。威嚇《いかく》するように声を出して竹刀を振り上げるのも、名札をつけている方だ。

でも、名札をつけていない方は、動きは静かで少しずつ下がっていくのに、不思議と押されている感じはしなかった。面の中の見えない目が、ぴたりと相手に照準を合わせているのがわかる。声はあまり出さないけど、気迫みたいなものを感じる。

すると、名札をつけていない方がすっと竹刀を上げた。頭の上に振りかぶったまま、前へ出る。

（がら空きじゃないか）

素人目にも、脇とか正面とかが打ち放題なんじゃないかと思った。さあ打ってこいってわざと開けているみたいだ。なのに、なぜか名札をつけている方は押されているみたいに少し下がった。

「──ヤアッ」

次の瞬間、名札をつけていない方が大きく動いた。

竹刀が斜めに閃《ひらめ》く。

カッ、と小さく音が響いた。小さな、でも息を呑《の》むほどの緊迫した音。

「──」

一瞬、面と面がぶつかるくらいに近づいたあと、すぐに二人は離れていった。

一本！　と周囲から声が上がった。

（え、一本？　決まったってこと？）

俺はぱちぱちと瞬きした。早すぎて、よくわからなかったのだ。どっちが勝ったのかもよくわからない。

「さすがだな、樫本！」

周囲の人が立ち上がり、五分刈りの人が名札をつけていない方に近づいて言った。

（樫本……）

どうやら名札をつけていない方が勝ったらしい。たぶん、相手の竹刀をはらって、どこかを打ったような。

（剣道って、こんなに速いんだ）

間近で見たのは初めてで、かなり驚いた。目にも留まらない速さってこのことだ。それまで大きな動きはなかったのに、勝負が決まるのは一瞬だった。

（……あれ）

俺は思わず胸のあたりを押さえた。

（え、なんだ）

心臓がどきどきしていた。怖いものを見たみたいに。あるいは、胸がすくようなすごいものを見たみたいに。

「中学の頃より腕を上げたんじゃないか？　その戦法はおじいさん仕込みか」

五分刈りの人が機嫌よさげに喋っている。名札をつけていない方は、正座して面のうしろの紐を解《ほど》いていた。両手で面を取って、上を向いて軽く息を吐く。

その時初めて、それがクラスメイトの樫本だとわかった。

（樫本）

名前は知っていた。顔も知っていた。でもこの時初めて、俺は樫本という男を知った。

自分が竹刀でどこかを打たれたみたいに、強いショックを受けていた。骨の髄まで響くような。

こんな人がいるんだ、と思った。立っている時は一本の木みたいなのに、動くと風みたいで。鮮やかで、なのに静かで。相手を倒す時は、たぶん眉ひとつ動かさない。——怖い。

怖い。それが、樫本の第一印象だった。

それから、思った。彼のことをもっと知りたい。


トゥルル、と軽い電子音が鳴っている。

この数秒はいつも緊張する。初めて樫本に話しかけた時みたいに。もう三年近く、毎日電話をしているのに。

出るかな。出ないかな。樫本は今、何をしているだろう。忙しい時にかけちゃってたらどうしよう。

——トゥルルル……

ほんとはもう面倒になってるかもしれない。もうやめた方がいいのかもしれない。手が空かない時は出なくていいし、かけ直さなくていいって言ってある。実際、繋がらなかった時に樫本がかけ直してきたことはない。だからきっと、俺がかけるのをやめれば、あっさり終わる。

切った方がいいかな。切ろうか。切らなくちゃいけない。でも……

——はい。

繋がった瞬間、どきりとする。まだ少し怖い。樫本はいつも「はい」しか言わなくて、いまいち感情が読めない。だから俺はことさら明るく、気にしていないふうを装う。

——もしもーし。俺。今いい？　忙しくない？

——うん。夕飯の買い物して家に帰るとこ。

ごく普通に会話ができて、ほっとする。声を聴くと俺の心は浮き上がって、東京と岐阜の間の直線距離二七〇キロをふわりと飛び越える。

最初に電話を発明した人は、重病の妻と会話をしたくて電話を作ったと何かで読んだことがある。その気持ちがわかる。離れた人と、声で繋がれる。すぐそばにいるみたいに話ができる。それは、どれほどたくさんの人の心を救ってきただろう。

——今日の夕ごはんは何？
——今日はカレー。梅酒の梅入り。
——梅酒の梅？　それをカレーに入れるの？
——そう。甘みと酸味が隠し味になる。肉も梅酒に漬けてから焼く。ばあさん直伝のうちのカレーだ。
——へええ。おいしそう。食べたい！
——機会があったら作ってやるよ。

どうでもいいような会話をして、電話を切る。長電話はしないから、いつも数分。あっという間だ。だけどそれだけで、俺の一日は少し明るくなる。

（バカみたいだ）

電話ひとつにこんなにどきどきして、こんなに救われていることを、樫本はきっと知らない。樫本にとっては、二十四時間のうちのほんの数分。しんどそうな人に座席を譲るくらいの、ちょっとした親切だ。

でも、俺には大切だった。樫本の声を聴くと、心が体の真ん中にすとんと落ち着く。明日もがんばろうって思える。

だけど同時に、寂しさの量がちょっと増える。誰かが遊びにきて帰った後に部屋をがらんと感じるみたいに、声を聴いた後だと、ここにいないってことをよけいに強く感じる。

（会いたいな）

毎日、毎日、少しずつ、寂しさが降りつもっていく。そろそろ胸いっぱいになって、喉からあふれ出そうだ。

会いたい。

「ああ、逢沢くん。お疲れさま」

事務所に入ると、マネージャーの原《はら》さんがパソコンから顔を上げた。

原さんは東京に来てから俺のマネージャーをしてくれている男性だ。事務所には中途入社で、前職は営業だったとかでとても人あたりがいい。ふっくらした安定感のある体型をしていて、垂れ気味の目が細くて、いつも笑っているように見える。

あっちで話そうか、と原さんは俺をミーティングブースに促した。ミーティングブースといっても、パーテーションで仕切られてテーブルと椅子が並んでいるだけのコーナーだ。原さんはパソコンを持って移動すると、「コーヒー持ってくるね」とコーヒーメーカーの方へ行った。

業界では中堅どころの事務所だった。スカウトのきっかけは、岐阜にいた時に街中で撮られた写真だ。その写真が載った雑誌を見て連絡をくれて、契約を結んだ。

最初は、迷った。もともと人見知りで、人から隠れるように暮らしていた俺に、そんなことができるのかって。

連れ去りの少し後に親の転勤で岐阜へ引越すことになったのは、俺にとっては不幸中の幸いだった。あの男から離れられる。逃げられる。家を知られているのが怖かったけど、遠くへ行ける。

引越してからもしばらくは、人目から逃げるように暮らしていた。怯えながらニュースを見て、俺みたいな子供が被害に遭《あ》ってるんじゃないか、もっと酷いことになってるんじゃないかと、毎日怖かった。警察に行かなくちゃいけなかったんじゃないか、って。

でも、少なくとも俺が知っている範囲では、似たような事件は起こらなかった。ほくろのある男が捕まることもなかった。そのうちに俺はどんどん成長し、背も伸びた。顔だってずいぶん変わった。たぶんもう、あの男のターゲットじゃない。

そんな頃に、スカウトされた。モデルになりたいとか有名になりたいとかいうよりも——もう嫌だったのだ。人から隠れるみたいに生きることが。怯えて暮らすことが。

だから、強くなりたかった。少なくとも、自分の身は自分で守れるくらいに。

写真に撮られるのも最初は怖かったけど、だんだん慣れてきた。写真の中でなら、背筋を伸ばして笑顔を作って、少しは堂々とできる。そのうちに、日常生活でもカメラの前みたいにふるまえるようになっていった。明るくて友達がたくさんいて、リア充で、女の子ともつきあえる、雑誌の中の人みたいに。

だけどあいかわらず、ほくろの目立つ人はだめだった。それに女の子もちょっと苦手だ。何を話せばいいかわからないし、妙に夢見られたり理想を重ねられたりする。ほくろのある女子に迫られて過呼吸の発作を起こし、やっぱり自分はだめだ、弱い人間なんだ——そう思っていた時だ。樫本に助けられたのは。

——大丈夫だ。

俺は今でも樫本の言葉をお守りにしている。樫本と剣道の練習をしたことを思い出すと、強くいられる。樫本がいたから、モデルの仕事だって続けてこられたのだ。

だけど。

ため息をついたところで、原さんがプラカップのコーヒーをテーブルに置いた。

「どうしたの。元気ない？」

「いえ。大丈夫です」

お礼を言って、カップを手に取る。砂糖とパウダーミルクが一本ずつ。担当しているタレントはたくさんいるはずなのに、原さんはちゃんと一人一人の好みを覚えてくれている。

「えーとね、この間のオーディションの結果なんだけど」

ノートパソコンをひらいて、申し訳なさそうに原さんは言った。

「残念。がんばってくれたんだけどね」

「はい」

ドラマの脇役のオーディション会場にはずらりとイケメンが集合していて、みんな経験もあってアピールも上手くて、たぶんだめだろうと思っていた。

「新しいオーディションの情報、いくつか来てるよ。見てみて」

原さんはパソコンの画面を俺に向けた。

「これなんかどうかな。高校生役だけど、まだ全然いけるし。逢沢くん、制服似合うよね」

映画の高校生役のオーディションだった。この事務所は社長がモデル出身でファッション関係の仕事が多いけど、最近は役者の方にも力を入れている。

モデルとしては、俺はそこそこうまくやってきた方だと思う。雑誌のトップじゃないけどレギュラーで、仕事はコンスタントにもらえていた。雑誌以外の仕事もあった。

だけどそろそろ――頭打ちだ。

自分を商品にして売る業界だから、商品価値はシビアに見極めなくちゃいけない。俺はモデルとしては身長が足りないから、仕事の幅は限られている。今はまだ同年代をターゲットにした雑誌で需要があるけれど、年齢が上がったら、それに伴って雑誌を移らなくちゃいけない。

だけど俺はスーツが似合わない。読者が憧れる、仕事のできる男ってタイプじゃない。事務所もわかっているから、最近は役者のオーディションをよく振ってくるんだろう。

（でも俺、演技ヘタなんだよなあ……）

悩んでいるところに、近くを通りかかった人が「お、春翔じゃん」と声をかけてきた。

「潤《じゅん》さん」

軽やかにミーティングブースに近づいてきて、ひらひらと手を振る。ロゴTシャツにスーツ、さりげなくブランドのサングラスがよく似合っている。事務所の先輩の星名《ほしな》潤さんだ。

「お疲れさまです」

俺はぺこりと頭を下げる。原さんも「星名くん、お疲れさま。事務所に来るのひさしぶりだね」とにこにこした。潤さんは事務所の稼ぎ頭だ。

「お疲れさまでーす」

潤さんはサングラスを取る。切れ味よく整った顔に、すらりとした長身。海外ブランドのアンバサダーを務めたこともある。元は俺と同じ雑誌のモデルで、雑誌を卒業してからは俳優に専念していた。数多くのドラマや映画に出ていて、今や主役クラスの売れっ子だ。

「あれ、この仕事」

俺が見ていたオーディション情報に目を留めて、潤さんはパソコンを覗き込んできた。

「あー、この映画、オレが主役の予定」

「そうなんですか？」

「星名くん、それまだ言っちゃだめでしょ」

「春翔ならいいでしょ。春翔、これ受けるの？　受けろよ。オレ、教師役だから。これはその生徒役ね」

「あ、そうなんだ」

「これさあ、脚本がどうなるかまだわかんないけど」

と言うと、潤さんはかがんで俺の肩に腕を回した。耳元で内緒の話っぽく囁《ささや》く。

「原作が少女漫画で、原作通りだと春翔はオレに恋する役なんだよね」

「え、あ、そうなんですか」

「今さあ、そういうのウケるじゃない？　春翔だったら気心も知れてるし、雑誌でもけっこう絡んでたからさ、いい感じでできると思うんだよね。ねえ、原さん？」

俺の顔に顔をくっつけたまま、潤さんは原さんに笑いかける。

「はは。まあ、そうなってくれたらいいんだけど」

笑っているような細目のまま、原さんはちょっとため息をこぼした。

「逢沢くんはまだ、演技力がねえ……」

「……すみません」

場が沈んでしまった。潤さんは今度は俺の頭にぽんと手を載せた。

「なんだ、お悩み中？　よければ聞くよ？」

そこに、離れたところから声が飛んできた。

「潤、何やってるの」

社長だ。うちの社長は女性で、パリやミラノのショーにも出たことのある元トップモデルだ。長身にパンツスーツ、ハイヒールの華麗かつ迫力のある姿で、潤さんに顎をしゃくった。

「打ち合わせ始めるわよ。早く来なさい」

はーい、と子供みたいに返事をして、潤さんは身を起こす。社長はついでのように俺に笑いかけた。

「春翔、調子はどう？」

社長は所属のモデルやタレントにまめに話しかけてくれる。ちょっと気後れするくらいの美女だけど、面倒見のいい細やかな人だ。

「ええと……オーディションに落ちました」

「そう。まあオーディションなんて落ちるのが普通なんだから、気落ちすることはないわ。でも、春翔はもう少し自信を持った方がいいわね」

「はい」

「春翔、今日はこれから仕事？」

社長室に向かいながら、潤さんが振り返った。

「いえ、今日はもう」

「よし、じゃあメシ行こう。オレはこれから打ち合わせがあるからそのあとで。どう？」

「えーと、はい」

「オッケー。じゃあちょっと待ってて」

笑ってひらひらと手を振ると、潤さんは社長と一緒に社長室に入っていった。

「逢沢くんは星名くんにかわいがられてるよね」

潤さんと社長を見送ってから、原さんが言った。

「ありがたいです」

「逢沢くんにはそういうところがあるんだよね。なんかこう、かまいたくなるっていうか」

「そうなのかな……」

「だから、そこをもっと出せれば、君の魅力も伝わると思うんだよね。じゃあ、このオーディションは受けるってことでいいかな？　時間と場所、確認しといて」

「はい。――あ」

スマホにスケジュールを入力しようとして、俺は指を止めた。

「なに、予定ある？　この日は撮影は入ってないはずだけど。大学もまだ始まってないよね？」

春から大学生だけど、この日はまだ入学前だ。

「あ、ええと……この時間なら大丈夫です。夕方に人と会う約束があるんだけど、午後なら」

「そう？　時間は遅れるかもしれないから、調整しといてね」

「はい」

俺はスマホのスケジュール画面を見つめた。この日には、特別なマークが入っている。

（樫本）

樫本に会える。

「じゃあ、そういうことで。僕は同行できないけど、遅れないでね」

「はい！」

ちょっと前まで沈んでいたのに、必要以上に元気な声が出てしまった。原さんが驚いている。照れ笑いをして、俺は椅子から立ち上がった。


「――うん。今は仕事の先輩と食事中。うん、もう戻るよ」

スマートフォンの向こうから声が届く。彼の声は少し低めで、あまり抑揚がない。

「じゃあ、また明日――うわっ」

通話を切った瞬間、うしろから首に腕が巻きついてきて、俺はのけぞった。

「こんなところで、ラブコールか?」

「じゅ、潤さん」

人気俳優、星名潤の綺麗な顔がうしろから覗き込んでくる。バランスを崩して、俺は潤さんの胸に倒れ込みそうになった。

「もう、やめてくださいよ」

どうにか腕をふり解く。さりげなく壁際に寄って、距離を取った。潤さんはスキンシップの多い人で、酒が入るとさらに過剰になる。

都内の焼き肉店に来ていた。潤さんは肉好きで、いつもがっつり肉が食べられるところを選ぶ。後輩だし、奢ってくれるから文句はない。

「春翔ってさあ、前もトイレに立ったついでに誰かに電話してたよなあ。彼女か? 彼女だろ」

「違いますよ」

絡んでくる潤さんをかわして、個室に戻る。肉はあらかた食べ終わっていたけど、潤さんは新たにハイボールを注文していた。俺は未成年なのでウーロン茶を飲んでいた。

「――で、なに、オーディション連敗中だって?」

「はあ」

「オレだって落ちまくってたよ。キャリアの長さから言って春翔の倍は落ちてたね」

「でもブレイクしたじゃないですか。そもそも俺、こういう仕事に向いてないんじゃないかと思うんですよね……」

「悩めるお年頃だねえ」

俺は真剣に落ち込んでいるのに、潤さんはにやにやしている。

「だいたい俺、子供の頃はすごく人見知りで、おまけにあがり症だったんですよ。それを治すために児童劇団に入れられたんですけど。それで劇団の人に言われたんですよね。観客をいもやかぼちゃと思えって」

「ははあ」

いも。かぼちゃ。ピーマン。にんじん。舞台に上がると、俺は必死に自分に言い聞かせた。ここには野菜が転がっているだけ。人間はいない。

そのうちになんとか慣れて、舞台の上でも普通に動けるようになった。でも、人見知りはあまり治らなかった。決められたセリフを喋って、決められた動きをするだけ。たった一人で舞台に立っているような気持ちだった。

そして連れ去り事件が起き、ますます人が苦手になった。それはモデルになってからも変わらない。写真に撮られるのは慣れたけど、現実で寄ってこられるのは苦手だ。というか、怖い。

「春翔はさあ、モデルやってる時は、心を引っ込めてうしろに隠してる感じだよね」

ナムルを食べながらのんびりした口調で、潤さんが言った。俺は内心でぎくりとした。

「そう…かな」

「モデルはさ、服をどれだけ魅力的に見せられるか、それを着てる自分をかっこよく見せられるか、じゃない？　だからあんまりギラギラしてるのもアレだけど」

「はい…」

「オレもできるだけ自分をかっこよく見せて、かっこいいオレを見ろ！　な気持ちでやってたけどさ。でもさあ、役者はそれじゃだめなんだよねぇ」

すっかり出来上がった顔で、潤さんはだらりと背もたれに体を預けた。

「たとえばさあ、んー、そうだな。美術館に絵があって、いもやかぼちゃが転がってたら、そこに作品があるって言えると思う？」

「はい？」

俺は瞬きした。潤さんは革靴を脱いでベンチの上に足を上げてしまう。行儀が悪い。

「絵とか写真とか、映画でもドラマでもそうだと思うんだけど、アートとかエンタメとかって、受け取る人がいて、その人の心が動いて初めて、そこに作品が生まれるんじゃないかなあ」

焼き肉店の個室の壁には、抽象画っぽいリトグラフが飾ってあった。潤さんはそれを指さす。

「こうやって絵が飾ってあって、その前にいもやかぼちゃが転がってても」

調味料入れを取って、絵の向かい側、自分の左側に移動する。

「それだけじゃ絵はただのモノでしょ。そこにあるだけ」

「はあ」

「観る人がいて、その人の心が動いて初めて、モノじゃなくて〝作品〟になるんじゃないかなあ。つまり作品ってのは、この絵だけじゃ存在しなくて、この間にあるんだよ。作り手と受け手の間に」

と、潤さんは、リトグラフと調味料入れの間の空間をぐるぐると指で示す。

「作品ってのは、人と人の間に生まれるんだ。相手が人だから、同じ作品でも受け取り方が変わる。どう受け止められるか、作り手側では決められない。そこがモデルとは違う。モデルってのは広告だからね。広告は、受け取り方を考えて発信する。モノを売る仕事だから、欲しいと思ってもらわなくちゃ始まらない」

「はい」

「役者は、心を動かす仕事だ。心を動かすっていっても、別に感動とは限らない。かっこいいとか素敵とか、抱きたいとか抱かれたいとか、わかるーとかがんばれとか。あるいは、こいつ嫌な奴だなでも、気持ち悪いでも嫌いでもかまわない。とにかく心を動かしたい。揺さぶって、ひっ掻き回して、共感を、恋心を、劣情を刺激したいんだ」

さっきまでだらっとしていたのに、潤さんはベンチの上で身を起こして、身振り手振りをつけて熱く語っていた。俺はその目、口、手の動きひとつひとつに見入っていた。

「だから相手がいもやかぼちゃじゃだめなんだよ。オレたちは作品を作らなくちゃいけない。そのためには、観客がいないと。観てくれる人がいないと、オレたちは存在すらできないんだ」

「――」

「綺麗に整ってるだけじゃだめだ。そんなのすぐに飽きる。心を動かしたいなら、こっちも心を使わないと。好きとか嫌いとか欲しいとか、怖いとか悲しいとか苦しいとか――自分の中にある感情を総動員するんだ。使えるものは全部使え。恥も欲望もコンプレックスも。じゃないと人の心は動かせない。舞台の向こうにいるのはいもやかぼちゃじゃない。人間だ。なんならたった一人を想定してもいい。まずは客席にいる一人を惚れさせてみろ――っていうのが、オレが初めての舞台で言われた言葉」

「あ。それって演出家の…」

「そうそう。しごかれまくって恥も掻きまくったよ。役者は恥を売る仕事だって言われて」

笑って、潤さんはおいしそうにハイボールを飲んだ。

潤さんの初舞台は、著名な演出家の舞台だった。個性的なベテラン演出家で、テレビでもたまに見る。さっきまでの畳みかけるような話し方は、その演出家にそっくりだ。

「春翔もさあ、彼女がいるんなら、惚れさせたいって思っただろ？」

「だから彼女じゃないですって」

ごまかすようにグラスに口をつけた。飲んでいるのはウーロン茶なのに、つられて酔っぱらいそうだ。

「まあ、いてもいなくてもいいけど。あの映画のオーディションを受けるなら、惚れさせたい相手はオレだ」

だらっとしつつも決め顔でにやりとして、潤さんは言った。

「オレを惚れさせてみな？」

さすが人気俳優だ。ちょっとぐらりときた。

俺はうつむいて唇を噛んだ。

共感を、恋心を、劣情を刺激したい。恥もコンプレックスも欲望も使って。うわべだけをとりつくろってきた俺に、そんな仕事ができるだろうか？


――大学、合格したよ。

――え！　おめでとう！

――うん。浪人する余裕ないから、よかったよ。

――と、東京？

——ああ。まあ東京っていってもはずれの方だけど。

——じゃ…じゃあさ、会える？

——そうだな。ひさしぶりにメシでも食うか。引越しがすんだら、そっちの方まで行くよ。


毎日。

本当にほぼ毎日、俺は樫本に電話をした。具合いの悪い時や、どうしても電話をかけられなかった時以外は。

俺がかけるのをやめてしまったら、そこで途切れただろう。樫本から電話をかけてくることはない。それがわかっていたから、かけ続けた。

俺が樫本とクラスメイトだったのは、高校一年の一学期だけだ。一緒に過ごしたのは、夏休みを入れて三ヶ月に満たない。

でも、一年の間も二年の間も三年の間も、俺は樫本と繋がり続けた。一回一回の電話は、ごく短い。今日は何を食べたとか、何をしたとか。負担になりたくないから、重い話はしなかった。だけど、時には愚痴も言った。誰にも言えないことも、樫本になら話せた。


——またオーディション落ちたよ。

——そうか。

——わりと手応えあったんだけどなあ。

——俺も昨日、試合に負けたよ。

——えっ。樫本が負けることあるんだ⁉

——あたりまえだろ(笑)　俺をなんだと思ってるんだ。

——だって、樫本強いからさ…。

——強くたって、負ける時は負ける。俺はオーディションのこととかはわからないけど、受かる奴がいれば落ちる奴がいるのはあたりまえだろう。

——うん…。

——でも試合の相手は一人だけど、オーディションってたくさんライバルがいるんだろう？　逢沢の方が大変だな。がんばれ。

——うん……うん、がんばる。


樫本の声を聴いていると、俺は夜の川を思い出す。静かで、波もなく、でも止まることなく流れ続けている夜の川。樫本と剣道の稽古をした川原の夜景を思い出す。遠くの橋の明かり。水面に落ちる月。風の音。

思い出すと心が静まって、重心が——自分の立ち位置が決まる気がする。

母親は再婚して新しい家庭を持っていたから、俺が岐阜に里帰りすることはなかった。樫本が剣道の大会で東京に来たことはあったけど、ホテルから離れられないみたいだし、俺は仕事があって試合を見に行くことができなかった。

だから、本当に一度も会っていない。繋がっていたのは、声だけ。細くて、不確かで、すぐに途切れそうな糸みたいな。

でも、やっと――会える。

――引越しの片づけ終わった？　明日、大丈夫？

――ああ。そっちこそオーディションなんだろう。

――そうなんだよ～。どうしよう。セリフ喋るんだよなあ。緊張する。

――映画なんだろう？　もし逢沢が出たら、映画館まで観にいくよ。

――ほんと？　じゃあ、じゃあさ、ちょっと、こう言ってみてくれないかな。『二十歳になってもまだ俺のこと好きだったら、会いにきてくれよ』

――ええ？　それ、セリフか？　俺には無理だよ。

――頼む！　棒読みでいいから！　俺を助けると思って。

――いや、ちょっと……。恥ずかしいよ。

――お願い！

――……しょうがないなあ。笑うなよ？

樫本と待ち合わせをしたのは、映画のオーディションの日だった。同性の教師に恋をする高校生の役。生徒役は人数が多いし、出番は多くないけど、印象に残る役だ。

俺はもうすぐ十九だから、高校生役にはちょっと年がいっている。若くてフレッシュなタレントは下からどんどん入ってくる。とりあえず大学には行くことにしたけれど、この先どうするか、考えなくちゃいけない。

「逢沢春翔です。よろしくお願いします」

一礼して顔を上げると、目の前には映画の関係者が並んで座っていた。監督やプロデューサーや、その他肩書きのわからない人たち。

「はい、じゃあ始めて」

俺よりかっこよくて、俺より魅力的で、俺より演技が上手そうな俳優がたくさんいる中で、俺は深呼吸をする。最近は何かあると深呼吸をするのが癖になっている。丹田――おへその下あたりを意識して、そこに呼吸を収める。

『先生はさ、もし生徒に告白されたら、どうする？』

俺はずっと自分の顔が嫌いだった。俺の母親は水商売をやっていて、会社員の父とは店で出会ったらしい。だから結婚したあとも父は不安だったんだろう。自分が客の立場だったから、なおさら。

俺の顔は父にまったく似ていない。母は否定したけど、父は疑っている。他の男との間にできた子なんじゃないかって。だから父も母も俺の顔が好きじゃなくて、俺がいるとどんどん仲が悪くなっていった。そして、離婚した。

『……かっこいいよなぁ、先生は』

だから俺は自分の顔が好きになれない。自分に自信なんて持てなかった。

でも──でも、せめてあの人は好きになってくれないだろうか。こっちを見てくれないだろうか。そうしたら、もう少し自分を好きになれるのに。

『だけど今日、女子が言ってた。興味のない相手からの好意なんて、うっとうしいだけだって』

オーディション会場は殺風景な部屋で、窓の外には灰色のビル郡が連なっている。俺はその景色に別の景色を重ねてみる。

ここは高校で、俺は高校生だ。まだ何者でもなくて、自分を持て余してもがいている。放課後の、他に人がいないがらんとした教室。窓の外は夕暮れで、どこかから吹奏楽部の演奏が聞こえてくる。

目の前には、初めて恋をした人がいる。憧れ。焦燥。胸を掻きむしられるようなせつなさ。近くにいても、その人は遠い。手が届かない。告白したらきっとこの関係は壊れてしまって、二度と元には戻れない。

『俺が好きになる人は、たいてい俺に興味がないんだ。かわいい女の子だったら、好きって言えば興味を持ってもらえて、意識してもらえるかもしれないけど、俺にはその可能性もない』

今までのオーディションでは、俺は審査員たちをいもやかぼちゃだと思おうとしていた。できるだけ意識しないように。自分以外、世界に誰もいないみたいに。

でも今は、振り向かせたい。審査員じゃなくて、その向こうにいるたくさんの人たちを。俺と同じようにコンプレックスを持っていたり、自分に自信がなかったり、誰かを好きだったりする人たちを。

『俺の好きな人は、最初から最後まで、俺に興味がない。俺の気持ちはうっとうしいだけ』

どうして他の誰かじゃなくて、その人だったんだろう。そんなつもりはなかったのに、どうして引き寄せられて、転がるように落ちてしまったんだろう。

『俺だって、違う人を好きになりたかったよ。かわいい子も、優しい子も、世の中にはたくさんいるのにさ』

誰かを好きになるって不思議だ。もっと簡単な恋なら、簡単に手に入るのに。

望んでも手に入らない。会いたくても遠い。そんな人、好きになったってしょうがない。

想うと苦しいばかりで、なのに想うのをやめられない。心も体も自分じゃどうにもできなくて、いいことなんてたいしてなくて、報われないばかりで。

『なのにどうして、こんな気持ちが生まれるんだろう』

だけどたった一瞬で、報われることがある。夜を越えて届く声や、触れる手のあたたかさに。

苦しい。会いたい。会えば会ったで、きっと後でよけいに苦しくなるのに。

でも、会いたい。

会いたくて会いたくて、心が体をつれて飛んでいきそうだ。

『俺の気持ちはどこへ行けばいいんだろう――……』

涙が滲んだ。

はいそこまで、の声ではっとして、瞬きをして、姿勢を正した。

「ありがとうございました」

最初よりも深く、頭を下げる。審査員たちの反応は見なかった。ひとつ息をこぼして、俺は踵《きびす》を返してオーディション会場を出た。

最後に会ってから、もう三年近くたっている。

だけど砂浜の砂くらい人がいる新宿の雑踏の中で、不思議に、樫本の姿は際立って見えた。まるで地図アプリでアイコンがピコンと立っているみたいに。目が引き寄せられた。別に目立つ格好をしているわけでもないのに。

「樫……」

名前を呼びかけて、俺は声を飲み込んだ。

待ち合わせをしたのは、紀伊國屋《きのくにや》書店新宿本店の前だった。入口には目立つディスプレイがあって、足を止めている人や待ち合わせをしている人も多い。通りにはたくさんの人が行き交っている。その中で、樫本はうつむいてスマートフォンをいじるわけでもなく、きょろきょろと周囲を見ているわけでもなく、ただ人波を眺めていた。静かに。

何を見ているのかな、と思った。何か、すごく遠いものを見ているみたいな目だ。

(こっちを見てくれないかな)

俺を見つけてくれないだろうか。俺が樫本を見つけたみたいに。

(見てくれ)

思った瞬間、樫本がこちらを見た。

俺を見つけて、笑顔になる。俺は駆け寄ってそばに立った。

「ひさしぶりだな、逢沢」

その瞬間、全身の血がぶわっと逆流したような気がした。

(うわ)

毎日話していたのに。声を聴いて、近況を報告していたのに。

でも間近で顔を見たとたん、何かが込み上げてきた。体の奥の方から。熱とか血とか、何か熱いものが。

びっくりした。誰かに会ってこんなふうになったのは初めてだ。それを樫本に悟られたくなくて、がんばって普通の笑顔を作った。

「ひさしぶり」

変わっていない。いや、すごく変わった。どっちも本当だ。

身長が伸びた、筋肉もついたみたいだ。全体的にしっかりした体つきになっている。髪が少し長くなっていた。前はもっと日焼けしていたけど、受験勉強のせいか褪《さ》めた肌色をしている。もともと高一に見えないくらい大人びていたけれど、輪郭がシャープになって、さらに大人っぽくなっていた。

かっこよくなったなあと思った。でもそんなことを言うのはおかしい気がして、口ごもった。

「かっこよくなったなあ」

さらりと、樫本は言った。気負いなく。

「もともとあか抜けてたけど、さすが芸能人だな。一人だけライトがあたってるみたいだよ」

「そ…、そんなことないよ。俺、あんまり売れてないし」

恥ずかしくなって下を向く。一人だけライトがあたってるのは樫本の方だと思った。

「えーと、新宿、わかりにくくなかった？　樫本は中央線だから、新宿がいいかなと思ったんだけど」

「駅を出てすぐだから、迷わなかったよ。でも、駅がすごく大きいな。ひとつの街みたいだ」

「だよね。俺も新宿駅って迷いそうになるよ」

話しながら歩き始める。俺は足元がなんだかふわふわしていた。樫本と新宿を歩いているなんて、変な気分だ。

「さっきさ、待ってる時、何か考えてた？　じっと人ごみを見てたけど」

「ん？　いや、考えてたってほどでもないけど……人がたくさんいるなあって」

「うん、新宿は特に多いよね」

「この人たちみんな、どこかから来てるわけだろう。新宿に住んでる人もいるだろうけど」

「そうだね」

「仕事や遊びや買い物のために来て、俺みたいに地方から進学や就職のために上京してくる人もいて、逆に東京からUターンやIターンをする人がいて、海外に行ったり、海外から来る人もいて……」

横顔を見ていて、臨海合宿の時に海を眺めていた樫本を思い出した。水の量が多い、と言っていた樫本。

「人って、水みたいに地球上を流れてるんだなって」

「ああ……うん」

「おもしろいな」

どこにいても、樫本は樫本だなあと思った。

樫本と一緒に行ったのは、トルコ料理のお店だった。学生だから高い店には行けないけど、前に肉好きの潤さんに連れてこられたことがあって、安くておいしかったからだ。串に刺したケバブや、トルコのミートボール、キョフテ。魚介類も豊富で、樫本がムール貝を「エイリアンみたいだな」と言うので笑ってしまった。でも、うまいと言って食べていた。

「樫本は料理できるから、一人暮らしでも困らないよね」

「簡単なものしかできないけどな。とりあえず缶詰は持ってきた」

「あはは。樫本の缶詰料理や酒のつまみ、なつかしいな。また食べたい」

「あんなものでよければ、作ってやるよ。国立《くにたち》に来れば」

「大学でも剣道やるの？」

「どうかな。体は動かしたいけど、俺、お洒落《しゃれ》なスポーツは似合わないんだよな」

「え、そう？　お洒落なスポーツって、たとえば？」

「テニスとか、ラクロスとか」

「う、うーん」

「そっちはどうだ。今日、オーディションだったんだろ。どうだった？」

「んー、よくわかんないな。審査員の反応、見なかったし。反応よくても落ちたりするからさ」

「そうか。受かるといいな。逢沢をスクリーンで見るの、楽しみだよ」

毎日電話をしていたのに、目の前にいると、不思議に次から次へと話したいことが出てきた。聞きたいことも、聞いてほしいこともたくさんある。俺の方がたくさん喋って、樫本が答える構図はあいかわらずだ。

樫本から見たら、俺はたぶん元気にやっているように見えただろう。両親が離婚してすっきりしたし、仕事も学校生活もそれなりにこなしている。もう怯える子供じゃない。

だけど、もう電話はやめようとは、樫本は言わなかった。だから俺も甘え続けた。もう少し。もう少しだけ。


——オーディション、受かった……！

——え！　おめでとう。すごいじゃないか。

——びっくりした。受かると思わなかった。

――じゃあ、お祝いするか。

――ほんと？　じゃあ、じゃあさ、樫本のうちに行っていい？

――ああ、いいよ。たいしたものは作れないけど。

大学も始まった四月の半ば、樫本の住む国立まで行った。

樫本は大学の近くにアパートを借りている。駅前は商業施設がたくさんあって賑やかだけど、大学やアパートがあるあたりは緑が多くて落ち着いた雰囲気だ。学生街でもあるから、一人暮らし用の物件や手頃な飲食店がたくさんあって便利なんだそうだ。

「入れよ。狭いけど」

「お邪魔しまーす」

岐阜にいた頃、樫本の家にはしょっちゅう行っていたけど、角打ちに行っていただけで部屋に入ったことはない。ちょっとドキドキして、部屋に足を踏み入れた。

「片付いてるなあ」

「引越し荷物少なかったからな」

部屋は1Kで、キッチンはけっこう広めだった。大きな家具はベッドとデスクくらいで、折り畳みのローテーブルがある。シンプルですっきりしていて、風通しのいい部屋だった。樫本らしい。

オーディションの合格祝いに、樫本はごちそうを作ってくれていた。唐揚げにグラタン、サラダ。どれもおいしそうだ。ここまでできる男子大学生はなかなかいないと思う。

「あと、せっかくだから」

と言って樫本が冷蔵庫から出したのは、缶ビールだった。

「え、お酒?」

「乾杯だけな。この方が雰囲気出るだろ」

グラスに注ぐと、金色の液体の上に雪みたいな泡がこんもりと盛り上がる。ローテーブルに向かいあって座り、樫本が「おめでとう」と言ってくれて、カチンとグラスを合わせた。

ひと口飲んでみる。苦い。泡も苦かった。世の中の大人たちはおいしそうに飲んでいるけれど、正直、それほどおいしいものとは思えなかった。

でも樫本はごくごく飲んでいる。ふうと息を吐いて、口を拭った。堂《どう》に入《い》った飲みっぷりだ。

「樫本、ひょっとしてお酒強い?」

「まあ酒屋の息子だからな。料理に使うついでに味見してたし」

「ええー」

「味見だけだよ」

ひさしぶりの樫本の手料理は、やっぱりおいしかった。胃だけじゃない、どこか別のところがあたたまる気がした。

「樫本の家がもっと近かったらなあ。俺、お金払って食べに通うよ」

「金払うほどのものじゃないよ」

ごはんがおいしくて、オーディションに通ったことが嬉しくて、それから樫本と一緒にいられることが嬉しくて、俺はちょっと、いやかなり浮かれていた。最初は苦いだけだったビールも料理と一緒だとおいしい気がして、気づくとけっこう飲んでしまっていた。

「おい、大丈夫か?」

いつのまにか、俺はうとうとと眠りかけていた。時刻はもうずいぶん遅い。テーブルの上はあらかた片付いていて、樫本がそばに来て覗き込んでいた。

「んー…、だいじょぶ……」

頭がふわふわする。熱がある時にちょっと似ているけれど、頭痛や気分の悪さはなくて、むしろ気持ちいい。頭に羽根が生えているみたいだ。

「飲ませて悪かったな。今日は泊まっていけよ」

「だいじょうぶだよ……」

「いいから。ほら」

俺はベッドを背にして座っていた。樫本が肩に担ぐようにしてベッドに上げてくれる。横になるとぐらりと世界が回って、ふわふわと浮いているような心地になった。雲の上にいるみたいだ。

「寝るならちゃんと寝ろよ。ベッド使っていいから」

「樫本は……どこで寝るの？」

俺は離れていこうとする樫本の手をつかんだ。ぼんやりした視界の中で、樫本が軽く笑ったのが見えた。

「俺は床で寝るよ」

「えー？　だめだよ。かぜひく……」

「大丈夫だよ。もう春だし」

「俺、はしっこで寝るから……」

俺は熱を出してぐずっている子供みたいになっていた。まだ、もう少し、そばにいてほしい。握った手を離さず、引き寄せた。

「いっしょにねよ……」

こんなこと、素面《しらふ》じゃ言えない。目を閉じたから、樫本の反応は見なかった。

つかんだ手をそっと離されて、ぽんと頭に手を置かれた。

「スペースあったらな。俺、風呂入ってくるよ」

スプリングが小さく揺れて、樫本は離れていった。

俺はそのまま眠ってしまったらしい。ふと目を覚ますと、部屋は明かりが消えて暗くなっていた。

目が慣れてくると、暗い天井と蛍光灯がぼんやり見えてくる。見慣れない形の蛍光灯だ。

（……俺、どこで寝てるんだっけ？）

視線をずらして、どきりとした。

隣に樫本が寝ていた。

きちんと仰向けになっていて、寝ている時まで姿勢がいい。かすかに開いた唇から、規則正しい寝息が漏れていた。

——好きだ。

真夜中の、寝起きの、まだアルコールの残る、少し痺れた頭で。

雨に打たれて濡れるみたいに。道の真ん中にあいた大きな穴に落ちるみたいに。自分じゃどうにもならない自然現象か事故みたいに、思った。樫本が好きだ。

本当はとっくにわかっていた。ただ言葉にしなかっただけで。友達として好きなだけで、三年間も毎日電話をかけたりしない。会えるというだけで天にも昇《のぼ》る心地になったりしない。

でも、言えない。

「……」

ベッドを揺らさないように、樫本を起こさないように、俺は細心の注意をはらってそうっと体を横向きにした。

閉じた瞼《まぶた》は動かない。かすかにシャンプーの匂いがした。

(好きだ)

口に出したら、きっとこの関係は終わる。樫本は俺を友達と思っているだけだ。ちょっと特殊な友達かもしれないけど、俺が弱いから、溺れそうだから、手を離さずにいてくれるだけだ。

言ったら、終わる。俺と樫本の間にある細い細い糸は、きっとあっけないくらい簡単に切れる。

だから、言わない。言わないと決めた。せめて俺がもう少し強くなって、笑って手を離せるまでは。

シングルベッドに男二人は狭い。目を閉じると、樫本の気配と息遣いを感じた。嬉しくて、でも苦しくて、眩暈《めまい》のするようなしあわせと息苦しさの中で、俺は目を閉じた。


翌朝は、ごちそうのお礼に俺が朝食を作った。トーストと目玉焼きだけだけど。食べ終わると樫本が駅まで送ってくれて、手を振って別れた。

その日の夜、ＳＮＳを更新した。

モデルを始めた最初の頃は、俺は仕事用のアカウントは持っていなかった。地方に住んでいたし、他人と密に繋がるようなものは苦手だったからだ。

でも東京に来て仕事も増えたし、事務所の方針もあって、やってみたらと原さんに言われた。頻繁な更新はしないし、プライベートなことは書かない。最初は見てくれる人は少なかったけど、雑誌以外の仕事をしたり、潤さんみたいな有名人と一緒に映った写真をアップすると、フォロワーは増えていった。今日はモデルとして出た雑誌の発売日だったので、その情報をアップした。

『今日、発売です！　待機中に○○くんと。楽しい撮影だったので、ぜひ見てください』

モデル仲間と肩を並べて撮った、オフショットを載せた。

俺程度のモデルでも、けっこうすぐに反応がある。やり取りは基本的にしないけど、流れてくるコメントを嬉しく見ていた。

その途中で、スマートフォンを持つ手がぎくりと震えた。

『この日の撮影でしょうか。楽しみです』

そんなメッセージと共に、送られてきた写真。その撮影をした日、スタジオから出てきた時の写真だった。

普段着で帽子を目深《まぶか》にかぶって、黒縁のちょっとださい眼鏡をかけている。リュックを背負ってうつむいていて、自分でもオーラのない目立たない格好だと思う。

その姿を、少し離れたところから撮った、明らかに隠し撮りの写真。

アカウント名は、『HANAKO』――ハナコ。

この名前は知っている。SNSを始めた当初からコメントをくれていた、数少ないうちの一人だから。

最初は、『応援してます』とか『雑誌見ました。かっこよかったです』とか、ごくありきたりなコメントだった。当初はフォロワーも少なかったから、ありがとうございますくらいは返したかもしれない。ごく普通の女の子という感じだった。俺が更新するたびに、ハナコは必ずコメントをつけてきた。

それだけだったら、別になんとも思わない。いや、嬉しい。俺なんかのファンになってくれて、メンズのファッション誌まで追ってくれて、感謝しかない。だけどある時から――ハナコはメッセージと写真を送ってくるようになった。

高校の制服を着て、ホームで電車を待っているところ。友達とファストフード店でハンバーガーを食べているところ。大学の学食で昼食をとっているところや、一人で買い物をしているところ。

そんなプライベートな写真に、『制服、似合いますね！』とか『大学入学、おめでとうございます！』とか、一見普通のメッセージをつけてくる。まるで、いつも見てますよというみたいに。

どくんどくんと、心臓の鼓動が大きくなっていく。誰かに首を絞められているみたいに、息苦しくなってきた。

（違う）

喉を押さえて、俺は大きく深呼吸する。

さして売れていないタレントにも、ストーカーやアンチがつくことはある。売れていないからこそ熱心に応援するんだろうし、こっちも隙があった。最近までは眼鏡も帽子も身につけてなかったし。

「……っ、大丈夫だ」

この子は、ちょっと度を超しているだけの、ただのファンだ。熱心すぎるだけだ。女の子なら、そう暴力的なこともしてこないだろう。

「大丈夫……」

原さんには相談していた。今の段階では何もできないから、気をつけようねとだけ言われていた。これから露出が増えれば、こういう人も増えてくるから、と。

「は……はあ」

ゆっくり、大きく、何度も深呼吸をする。暴れそうになる心臓を、どうにか押さえ込む。そうだ。こんなのよくあることだ。俺よりもっと売れている人なら、きっとこういうファンもたくさんいる。気をつけて、刺激しないようにやりすごすしかない。

（大丈夫、大丈夫だ）

この子はあいつじゃない。あいつはもういない。俺はもう子供じゃない。

SNSを閉じて、スマートフォンの画面も消した。両手で持ったスマートフォンをひたいにあてる。

俺には樫本がいる。

いや、こんなの変か。別に恋人でもなんでもないんだから。樫本は俺を心配してくれているだけだ。

でも、許してほしい。心の中でそう思うのだけは見逃してほしい。樫本の声を、その強さを、その存在を思い出すと、俺は足元が確かになる。自由に呼吸ができるようになる。

だから、許してほしい。絶対に口には出さないから。樫本に迷惑かけたりしないから。

電話だけでいい。電話だけが、俺の――

命綱だった。

◆◆◆

二十一歳

満天の星。

降るような星、という言葉をこれまであまり実感したことがなかったけど、星は本当に降るように瞬くんだなと思った。眼下には大きな湖が広がっていて、空はぞっとするほど広い。じっと見ていると吸い込まれそうだ。

逢沢に見せたいな、とふと思った。ポケットからスマートフォンを出して、写真を撮ってみる。星はあまり綺麗に撮れなかったけど、遠くに山の稜線が連なり、街明かりが輝いている。

『景色が綺麗だよ』

いつも電話をしているからメッセージのやり取りはあまりしないけど、逢沢はたまに写真を送ってくる。食べたものがおいしかったとか、仕事でこんなところへ行ったとか。たいていそのあとすぐに電話をかけてくる。今日はこっちからかけようかなと考えていたら、手の中のスマートフォンが鳴った。

――写真、見たよー。綺麗だね。今、ゼミ合宿なんだよね？

明るい声が耳元で弾ける。逢沢の声は甘くてさわやかで、サイダーみたいだ。

――うん。相模湖の近く。

――いいなあ。俺もそういうとこに行きたい。このところずっと学校とスタジオの往復でさ。

逢沢は最近、俳優の仕事が増えてきているようだった。高校生役で出た映画はとても評判がよかったし、あれ以来テレビでもちょくちょく見る。逢沢をテレビで見ると、キラキラしていて、知らない人みたいで、なんだか遠くなった感じがする。

でも、逢沢は電話をかけてくる。毎日。キラキラした遠い世界と、俺がいる普通の世界の間の距離を、ひらりと飛び越えて。時々、こんな関係は奇跡なんじゃないかと思う。

——ごはんはどう？　おいしい？

——うん、まあ普通かな。普通にうまい。

——そっかあ。俺、今日は昼も夜もお弁当だったよ。樫本んちに行きたい。あったかいごはんが食べたい。

うちは料理屋じゃないぞと笑ったところで、後ろから呼びかけられた。

「樫本くん」

振り向くと、同じゼミの女子学生が歩いてきていた。逢沢に「そろそろ合宿所に戻るよ」と言って、俺は電話を切った。

「飲み会始まるよ」

「ああ。もう行く」

大学三年になり、就職について本気で考える時期に来ていた。今は夏休みで、大学の施設にゼミ合宿で来ている。就職活動の情報交換や、研究テーマについての討論会、卒論に向けての準備のための合宿だけど、自然が豊かで周囲にいろんな施設もあるので、半分はレクリエーションだ。

「電話してたの？」

中野《なかの》という女の子だった。

「うん。友達に」と答えて、俺はスマートフォンをジーンズのポケットに入れた。

中野は俺のそばまで来て立ち止まる。少し間をおいてから、小首を傾げて「彼女？」と訊いてきた。

「さっき後ろでちょっと見てたんだけど、夜景の写真を撮って、送ってたでしょ」

ちゃかすわけでもなく、少し気まずそうな、でも真面目な表情だ。

「そういう、綺麗な景色を見せたいって思う人がいるのかなあ、って」

首を傾げると、まっすぐで黒い髪がさらさらと流れる。中野はさっぱりして話しやすい子で、海外暮らしの経験があってバイリンガルなので、最近はＴＯＥＩＣの勉強につきあってもらっていた。俺は女の子らしいタイプや賑やかな子が苦手だから、中野とは気が合った。

「違うよ。友達だよ」

苦笑いして答える。毎日電話をする男の友達なんて、傍《はた》から見たらちょっとおかしいだろう。だから説明はしなかった。

「ほんと？　ほんとに彼女じゃないの？」

「違うって」

「じゃあ…」

合宿所に戻ろうとする俺の前を塞ぐように、中野は目の前に立った。風に流れる髪を手で梳《す》く。長い髪を綺麗だなと思った。夜空の星を綺麗だと思うような、どこか遠い感じで。

「じゃあ……私とつきあってくれない？」

いつも落ち着いている彼女の、伏せた目の端がほのかに赤くなっていた。それを見て、少し心がざわついた。


それから数ヶ月後の、秋も深まった頃だった。逢沢から電話が来た。まだ夜の始まりで、いつもより早い時間だ。

――あのさ、今、仕事で国立に来てるんだけど、これから行ってもいいかな。

――これから？

アパートのキッチンに立っていた俺は、部屋の方を振り返った。

――今、ゼミの連中がうちに来てるんだよな。

男女四人がローテーブルを囲んでいる。中野もいた。俺のアパートは大学に近いので、大学の図書館から流れてきた形だ。一応勉強会だったけど、すでにパソコンや資料は脇に追いやられ、雑談と飲み会に移りつつある。

――あ、そうなんだ……じゃあやめた方がいいかな。

――いや、勉強してたんだけど、もう終わったから。

俺は部屋に向かって声をあげた。

「高校の友達が近くに来てるみたいなんだけど、ここに呼んでいいか？」

口々に「いいよー」と返ってくる。部屋は八畳で、逢沢が来たら計六人。ちょっと狭いけど、かまわないだろう。

――いいって。来いよ。

――えーと、でも……。

――大丈夫だよ。気の置けない奴ばかりだから。

笑って言って、通話を切る。逢沢は二十分ほどでアパートに来た。

「ほんとにいいのかな。邪魔じゃない？」

もう玄関まで来ているのに、気後れしている様子だ。俺は「平気だよ」と返して、逢沢を促して部屋に入った。

「逢沢だ。高校が一緒だったんだ」

「こんにちはー」

「樫本くんのゼミ仲間でーす」

「え、待って。超イケメンなんだけど！」

みんなが場所をあけてくれて、逢沢はおずおずとラグの上に腰を下ろした。テーブルの上にはコンビニで買った缶ビールや缶チューハイ、つまみや菓子が広げられている。女子は中野の他にもう一人いて、その子が声を上げた。

「待って待って。逢沢くんってもしかして……逢沢春翔？　星名潤の映画に出てた？」

「あ、うん」

「ええー！　あたし、星名潤のファンなんだ。映画、すっごくよかったです！」

「見てくれたんだ。どうもありがとう」

逢沢はにこりと微笑《ほほえ》む。俺といる時の顔とは違う、綺麗に整った芸能人の顔だ。

「え、ほんとかよ。すごいな」

「樫本にそんな友達がいたとは」

「一緒に写真撮ってもらっていいですか？」

「えーと……写真はちょっと……」

「あ、そうだよね。ごめんなさい」

ゼミの連中は物珍しいものを見る目になっていて、逢沢は居心地悪そうに肩を縮めている。俺はグラスを持っていって、逢沢の前に置いた。

「逢沢は芸能人だけど、友達なんだ。だから俺の友達として接してくれ」

「あー、うん、そうだよね」

「了解」

それで少し空気がほぐれ、雑談が始まった。だけどまだちょっとぎこちない雰囲気だ。そんな反応を見ていて、あらためて、そうか、逢沢は芸能人なんだよなと思った。

仕事はそれなりに忙しいようだけど、逢沢は毎日電話をかけてくるし、たまに国立まで遊びにくる。逢沢も大学入学と同時に一人暮らしを始めていて、俺が都心に行った時に部屋に行ったこともあった。一緒にいると今までと何も変わらなくて、だからつい忘れてしまう。逢沢は芸能人で、違う世界の住人なんだってことを。

「何か作るの？」

キッチンに戻ってキャベツを刻み始めると、中野が隣に来た。

「お好み焼きでも作ろうかと思って」

「そんなのもできるんだ。樫本くんってほんとお料理うまいね。何か手伝える？」

「じゃあ、生地を作ってくれるか。ボールはこれ。小麦粉はそっちの棚に入ってるから」

「オッケー」

中野都子《みやこ》とは、そこそこ順調につきあっていた。お互い干渉しすぎないので、楽で居心地がいい。

でも、これでいいのかなと時々思う。楽で居心地がいい、なんて。

高校までは、部活と家の手伝いで忙しくて、あまりそういう気になれなかった。でももう大学生だし、異性に興味がないわけじゃない。中野はけっこう美人だし、頭がよくて一緒にいて楽しかった。今まで出会った女の子の中にはいないタイプだ。この子なら、と思った。この子なら、堅い石みたいな俺の心を浮き上がらせてくれるかもしれない。

でも——結局俺は、何も変わっていない。

『なのにどうして、こんな気持ちが生まれるんだろう』

スクリーンで見た逢沢を思い出す。

映画の中の逢沢は同性の教師に恋をしていて、どうにもならない想いに身を焦がしていた。身を焦がす、という古風な表現がぴったりだった。自分から炎に飛び込んで、身悶《みもだ》えている。

『俺の気持ちはどこへ行けばいいんだろう——……』

逢沢のあんな表情を見たことはない。苦しそうだけど、でもどこかしあわせそうで、艶めいていて。

いつも思っていた。恋をしている人は熱に浮かされた目をして苦しそうなのに、同時にとてもしあわせそうに見える。俺にはまだわからない。

逢沢は恋を知っているんだろうか。あんなふうに激しくて苦しい恋を。それとも一〇〇パーセント演技なのかな。だったらすごい。

「生地、このくらいでいい？　ゆるい？」

　今は恋人はいないみたいだけど、逢沢は綺麗な顔をしているし、ファンもたくさんいてもてるだろう。いつか逢沢に恋人ができたら。傷ごと包み込んでくれるような相手が現れたら、そうしたら俺は……

「樫本くん？」

　中野が覗き込んできて、はっとした。まな板の上のキャベツはとっくに刻み終わっている。俺は笑みを作った。

「ごめん。じゃあ焼こうか」

　部屋の方では笑い声があがっていた。逢沢は愛想がいいから、初対面の人間ともそつなく喋っている。焼き上がったお好み焼きを持っていくと、なぜか俺の話題になっていた。

「樫本って、高校時代はどんな感じだった？」

　逢沢は笑みを浮かべて答える。

「俺は一年の途中で引っ越しちゃったんだけど、樫本は剣道強くて、かっこよかったよ」

「へえ。一年で引っ越したのにまだつきあいがあるなんて、仲いいんだな」

　男の一人が言うと、逢沢は少し目線を落として、笑みを浮かべたまま答えた。

「俺が……つきあってもらってるんだ。樫本、頼りになるからさ」

「ふうん。でもわかるわ。樫本ってちょっととっつきにくいけど、つきあってみるといい奴だよな」

「うんうん。料理うまいしな！　見た目怖いけど」

「おまえら、俺の悪口言ってないか？」

「言ってないでーす」

なし崩しに始まった飲み会は、けっこう盛り上がった。逢沢は初対面の相手とも上手に合わせているし、いるだけで華がある。レモンサワーを飲みながら、笑顔で人の話に頷いていた。

夜も更けて、おひらきになった。方向別に女の子を送っていくことになり、俺も中野を駅まで送るために立ち上がった。

「逢沢は泊まっていくだろう？　ここで待っててくれよ」

逢沢がうちに来る時は、いつも泊まっていく。でもこの日は、「俺も帰ろうかな」と呟いた。

「これから都内まで帰るの大変だろ」

今日の仕事は情報番組のロケだったとかで、最近はそういうバラエティ的な仕事も増えているらしい。慣れない仕事で、疲れたのかもしれない。

「いいから先に風呂入っててくれよ。寝ちゃってもいいし」

「うん……」

逢沢は沈むように頷く。酒でハイになっている連中と一緒に、俺はアパートを出た。

「――逢沢くんって、もしかして樫本くんがよく電話してる人？」

それまでの会話と脈絡なく、唐突にぽつりと中野が言った。

駅の近くまで来ていた。国立駅前には、立派な桜並木がある。満開の季節はそれは見事で、今年の春は逢沢も見にきた。逢沢は子供みたいにはしゃいで、東京に来てから見た桜の中で一番綺麗だと喜んでいた。

そんなことを思い出していたので、返事が遅れた。「あー、まあ」と俺は曖昧に頷いた。

「同郷だからな。話しやすいんだろう。逢沢、仕事が忙しくて大学もあんまり行けてないみたいだし」

「そっか。私も上京組だけど、高校の時の友達なんて帰省した時しか会わないな」

中野は酒に強くて、ほとんど酔っていない。隣で俺を見上げて、にこりと笑った。

「そんなふうに関係が続くのってすごいね。なんか特別って感じ」

「そう…かな」

桜並木は、今は落ち葉の季節だ。黄色くなった葉が風に吹かれ、かさかさと乾いた音を立てる。その落ち葉をブーツの爪先で蹴るように歩きながら、中野は言った。

「逢沢くんと電話してる樫本くんって、すごく優しそうな顔してるんだよね。ちょっと妬《や》けるくらい」

「そんな…」

そんなんじゃないよと返そうとして、口ごもった。

特別。

あらためて、思った。俺にとって逢沢は――逢沢にとって俺は、なんだろう?

「ここでいいよ」

中野はくるりと振り返った。

駅前のロータリーまで来ていた。ハロウィンが終わり、クリスマスのイルミネーションが始まる前の隙間の期間で、街は落ち葉の色合いのせいか少し寂しく見える。

「おやすみ」

言って、中野は勢いよく背中を向けた。長い髪が空気を断ち切るようにばさりと揺れる。

おやすみと返した言葉が届くより先に、小走りに駅舎に向かった。

その後ろ姿が人波にまぎれるのを見送ってから、俺は踵を返した。

やっぱり俺には恋愛はよくわからない。中野はさっぱりしていると思っていたけど、俺が鈍感なだけかもしれない。本当はもっと電話をしたり会ったりするべきなんだろうか。

逢沢にするみたいに。

　そもそも俺は、どうして……

　なんだか急に疲れた気がして、俺は落ち葉を踏みながらゆっくりと来た道を戻った。俺はこういうところがだめだなと思う。人の気持ちの機微《きび》なんてわからない。だんだん面倒になって、距離を置きたくなる。

（なのに）

　アパートに着いて、鍵を開ける。ドアを開けて、驚いて声をあげた。

「わっ」

　逢沢がそこにいた。上着を着て靴を履いて、上がり框《かまち》に腰かけている。膝を抱いて、そこに顔を埋めていた。

「おかえり」

　顔を上げて、薄く笑う。ゆっくりと立ち上がった。

「やっぱり帰るよ。樫本、鍵を持っていっちゃったから出られなくてさ」

　固まっていた俺は、あわてて口をひらいた。

「今からじゃ終電間に合わないだろ」

「ぎりぎり大丈夫だよ。いざとなったらタクシー使ってもいいし」

「なんで？　泊まっていけばいいだろ」

「うん……でも、明日も仕事だからさ、やっぱり家に帰って寝たいかなって」

　そばに置いていたショルダーバッグを持ち上げる。アパートの玄関は狭い。思わず体を引いた。ドアノブに手をかけて、でもすぐには開けずに、逢沢は言った。

「さっきの……中野さんっていう子、つき合ってるんだって？」

「え？　ああ……」

　ゼミの連中に聞いたんだろうか。ゼミでは別に隠していないから、知られて当然だった。でも、どうしてかばつが悪いような気がして、俺は曖昧な口調で返した。

「うん、まあ……そういうことになった」

　隠していたわけじゃない。言う機会がなかっただけで。電話での会話はいつも短いし、会っても恋愛の話なんてしない。だからわざわざ言わなかっただけだ。

「そっか。綺麗な人だよね。頭よさそうだし」

　逢沢はこちらを向いてにこりと笑う。綺麗に整った顔で。スクリーンやテレビの中みたいな顔で。

　その笑顔のまま、言った。

「俺、もう樫本に電話するのやめるよ」

「え」

　俺は目を見ひらいて逢沢を見た。自分でも驚くくらい、ショックを受けていた。

「どうして」

「だって……彼女がいるのに男と毎晩電話なんて、変だろう」

逢沢は顔を逸らしてドアの方を向く。俺から見えるのは、ふわふわした茶色い猫っ毛と、顎のラインと細い首と、耳だけだ。薄い耳たぶが、かすかに赤くなっていた。

「変じゃ、だめなのか?」

自分でも何を言うつもりなのかわからないまま、俺は口をひらいた。

「別に他人から見て変だってかまわないだろう」

「…っ」

小さく逢沢の肩が揺れた。でもこっちを見ない。

「だ、だって、彼女に変な誤解させたらまずいし、邪魔したくないし……迷惑だろう」

「迷惑だったら、最初から言ってない。逢沢と電話するの、俺は楽しいよ」

ドアノブを握る逢沢の手に、ぐっと力が入ったように見えた。

「俺、もう大丈夫だから」

急にトーンの変わった明るい声で言って、逢沢はこちらを向いた。

「俺もさ、新しい仕事いろいろ入って、忙しくなりそうなんだ。今度、連ドラに出るし。深夜だけどさ。遅くまで撮影かかりそうだから、あんまり電話できないと思うんだ」

「……そうか」

「だから、ほんとにもう大丈夫だから。過呼吸とか、今はもう全然ないし。今はマネージャーさんもいるし、事務所の先輩もかわいがってくれてるんだ。相談できる人、いっぱいいるから」

「そう……」

逢沢は笑っている。テレビで見るのと同じ、遠い笑顔で。その笑顔のまま、俺から顔を背けた。

「じゃあ……」

何か。何か言わなくちゃいけない。だけど何を言ったらいいのかわからない。なんの言葉の用意もない。

愕然とした。

どうして俺はこんな気持ちになっているんだろう。

こんな、胸にぽかりと穴があいたみたいな。

逢沢が顔を伏せてドアを開ける。やわらかそうな猫っ毛が揺れる。伏せた目の睫毛の端が小さく光った気がして――

何を考える間もなく、俺は逢沢の腕を強くつかんだ。

「…っ…」

逢沢は目を見ひらいて俺を見た。そのアーモンド形の綺麗な目から、涙がひとつぶ流れ落ちた。

「逢沢」

「…っ、ごめ…」

ぐらっと胸の中が揺れ動いた。その動きに押されるように、俺は逢沢の体を引き寄せて抱きしめた。

「っ…」

手が離れたドアがゆっくりと閉まっていく。ガチャンと、大きな音を立てて閉まった。

「――」

俺は何をやっているんだ。

逢沢を抱きしめながら、俺は混乱していた。胸の中も頭の中も嵐みたいだ。目のすぐ下に茶色い猫っ毛がある。腕の中の細身の体は動かない。

(もしかして)

頭の中がぐるぐる回る。もしかして。

考えちゃいけないと思っていた。この関係は特別だから。逢沢は心に傷を抱えていて、たまたまそこに俺がいたから。俺は藁《わら》みたいなものだ。溺れる逢沢がつかんだ藁。藁よりは丈夫だったから、長持ちしているだけだ。ずっとそんなふうに考えていた。

だってそんなこと、あるはずがない。

逢沢が俺を――

「逢沢、俺は……」

まだ用意がないまま、俺は口をひらいた。逢沢を抱きしめたまま。でもやっぱりわからない。何を言えばいいのかわからない。どうしてこんなことをしたのかもわからない。

腕の中の体が、小さく震えた。

「――ごめん！」

いきなり、逢沢は両腕でぐいと俺の体を押し返した。

腕の中にぽっかりと空間ができる。うつむいて、逢沢はごしごしと乱暴に袖で顔を拭った。そして、顔を上げた。

「ごめん。もう大丈夫だから」

笑っている。綺麗な顔で笑っているから、俺はもう何も言えなくなる。

「今までありがとうな。……じゃあ」

「――」

ドアを開けて、逢沢は出ていった。ドアがもう一度ゆっくりと動き、腹に響く音を立てて閉まる。それでも立ち尽くしたまま、俺はしばらく動けなかった。

◇◇◇

樫本に電話をしなくなって、三ヶ月近くが過ぎていた。

仕事が忙しくなるって言ったのは嘘じゃない。連ドラの仕事が入ったっていうのも本当だ。深夜とはいえレギュラーで、けっこういい役だった。ここががんばり時だと原さんにも言われ、必死で取り組んだ。

でも、うまくいかなかった。やっぱり俺は演技力がない。映画の成功は潤さんの人気も大きかったし、たまたま当たり役だったんだろう。せっかくチャンスをもらっても実力不足で、いくつもＮＧを出し、放映が始まると評判もよくなくて、毎日落ち込んだ。

樫本からは、一度だけメッセージが来た。電話じゃなく。

『元気か？　何かあったら連絡してくれ。待ってるから』

樫本は優しい。優しすぎると思う。

でも、俺には優しいだけだ。

そこにいてくれるだけだ。待ってくれているだけだ。樫本から俺に電話をかけてくることはない。俺に会いにきてくれることもない。

つまり、そういうことだ。

必要としているのは俺だけ。樫本には、俺は必要ない。

（……知ってたけど）

カレンダーはとっくに新しい年を迎え、一月も過ぎ去ろうとしていた。連ドラの撮影が終わり、クリスマス関連や正月関連の仕事も終え、俺はぽっかりと暇になっていた。進路のことも考えないといけないし、疲れていたこともあって、少しまとまった休みが欲しいと原さんにお願いしていたのだ。ちょうど大学は試験シーズンだった。

試験の結果はぼろぼろだった。あたりまえだ。授業に出ていないんだから。もともと出席日数も足りていないから、留年確定だ。周りの同級生たちは三年生のうちから就職活動を始めて、社会に出る準備をしているのに。樫本だって就活しているだろう。でも俺はこんなところで立ち止まっている。

これからどうしよう。こんなんで仕事がうまくいく気はまったくしない。じゃあ就職活動するのか？　就職？　こんな俺に、いったいなんの仕事ができるんだ？

――俺はだめだ。

俺は地の底まで落ち込んでいた。

（樫本は公務員試験を受けるつもりだって言ってたなあ……）

国立大だし、優秀で真面目だから公務員にだってなれるだろう。俺はひとり取り残される。

ベッドに寝転んでうだうだと悩んでいると、ポンとメッセージの音がした。のろのろとスマートフォンを手に取る。原さんからだ。休みに入る前にやった仕事が表に出るから、忘れずにSNSで告知してねという内容だった。

寝転がったまま、ポチポチとスマホに文章を打ち込む。今は演技なんてできそうにないけど、とりあえず文章だけは明るく装う。UPすると、すぐにいくつか反応があった。

『この日の私服、かわいかったです。広告を見るのが楽しみです』

一瞬、息が止まった。

――HANAKO

ハナコはあいかわらず俺のストーカーを続けていた。プライベートな写真を盗み撮って、俺を追いかけ回している。どうやって情報をつかむのか知らないけど、俺のスケジュールを把握しているらしい。

「……う」

真綿で絞められているみたいに、じわじわと喉が苦しくなった。

「う、……はあ」

もうやめてくれ。俺を放っておいてくれ。いったい俺のどこがいいんだ。モデルとしても俳優としても中途半端で、全然ぱっとしないのに。

「くそ」

スマホの画面を切って放り出し、シーツにひたいを押しつける。ベッドの上で胎児みたいに丸くなった。

(大丈夫。大丈夫だ)

こんなのなんでもない。無視すればいいだけだ。相手はただ俺をつけ回しているだけ。ネットの向こうにいるだけ。こういう相手は、直接手を出してくることはない。

大きく深呼吸しようとする。へそのあたり——丹田で吸って、丹田で吐く。

「……っ」

でも、うまくいかなかった。これまではできていたのに。息がうまく吸えない。吐けない。呼吸が自分の中に収まらない。

「……か」

だめだ。呼ぶな。呼んじゃいけない。

目をぎゅっとつぶって、唇を噛み締める。自分の呼吸に集中しようとする。

その時、ピンポーン、とインターフォンが鳴った。

ベッドの上で、俺はびくっと震えた。どうしてか、ハナコがここまで来た気がした。

(違う)

錯覚だ。心が弱っているせいだ。ハナコがネットの世界から出てくるはずがない。

またピンポンと鳴る。俺はのろのろとベッドから起き上がって、モニターをチェックした。

緑色の帽子と制服が見える。宅配便の配達員だ。下の宅配ボックスがいっぱいなのかもしれない。最近は買い物も億劫で引きこもりがちで通販に頼っているから、何か届いたんだろう。

インターフォンに応答して、ドアを開ける。配達員が通販の段ボール箱を持って立っていた。

「すいません、ボックスいっぱいだったんで。印鑑お願いします」

「はい…」

差し出された伝票に印鑑を押す。荷物を受け取ろうと両手を伸ばして、ぎくりとした。ほくろ。

配達員は男で、帽子を目深にかぶっている。顔はよくわからない。でもその口元に、鼻の近くに、目の下に、目立つほくろがあった。

「どうも」

配達員は荷物から手を離す。軽く頭を下げたその時、目立つほくろのある口元が笑った。

「……っ」

どくんとひとつ、心臓が鳴った。

配達員が背中を向ける。ドアが閉まる。押さえていなかったから勢いよく閉まってしまい、バタンと大きな音を立てた。

「っ！」

びくんと肩が跳ね上がった。

はずみで段ボール箱を落としてしまう。後ずさりして、そのまま走って寝室へ戻った。

「うっ……、はあ」

どくんどくんと心臓が大きく鳴る。ベッドに突っ伏して胸を押さえた。息ができなくなる予感がする。

喘息だった子供の頃、発作が始まる予感が怖かった。まだ来ていないのに気配が怖くて、そのストレスでよけいにひどくなった。

（違う。だめだ）

できるだけゆっくり、大きく呼吸しようとする。あれはあの男じゃない。あの男がこんなところにいるはずがない。俺はもう大人だ。顔だってずいぶん変わった。俺を追いかけてくるはずがない。

（でも）

でも、似ていた。いや、もう顔なんて覚えていない。薄ぼんやりとした黒い気配を覚えているだけだ。ほくろのある、大人の男の人の気配。

顔にほくろのある人なんて、今まで何人も会ったのに。苦手だけど、でももう発作なんて起こさなくなっていたのに。

(俺はまだ、こんなに)

震える指先でパーカの首元を握る。覚えている黒い気配は発作の気配と重なって。すぐそこに迫っている気がする。

黒い影。すぐそこにいる。背中のうしろに。来る。つかまってしまう。

——君をずっと見てるよ
「は、……っ」

俺は地上に放り出された魚みたいに口を喘がせた。でも空気が入ってこない。苦しい。

「はあっ、はあ……っ」

何度も、落ち着いて深呼吸をしようとした。もう俺は喘息じゃない。これはストレスから来るものだ。ゆっくり呼吸をすれば、収まるはず。

「……ッ」

でも、苦しい。怖い。苦しい。怖い。

さっきの配達員が、もしもあの男だったらどうしよう。俺は世間に顔を出す仕事をしているから、あの時の子供だってわかったのかもしれない。その気になれば、きっと住所くらい調べられる。

それとも、あの配達員がハナコだったら。

はっとした。そうだ。どうしてその可能性を考えなかったんだろう。ハナコは女性だとばかり思っていた。

もしもハナコがあの配達員だったら。

もしもハナコがあの男だったら。

「……ッ」

黒い影が黒い手を伸ばしてくる。すぐそこにいる。ほくろのある口元が笑う。

——いつかきっと迎えにいくよ

「は、……ッ」

両手で喉元を押さえた。指先が冷たい。喉がヒューヒューと隙間風みたいな音を立てる。だめだ。息ができない。吸っても吸っても、空気が入ってこない。地上にいるのに、自分のベッドの上にいるのに、溺れそうだ。

誰か。

(誰か誰か誰か)

「……けて」

溺れている人がつかまるものを探すみたいに、俺はベッドの上を手で探った。指先に固い感触が触れる。

命綱のように、それを握り締めた。

ピンポーン
俺はビクッと目を開けた。

視界は暗い。目を見ひらいて、大きく息を吸った。

吸える。息ができる。生きている。

ピンポーン、とまた聞こえた。インターフォンだ。

「あ……」

いつのまにか、部屋の中は真っ暗になっていた。過呼吸の発作が起きてしまい、苦しかったのは覚えている。そのまま眠ってしまったらしい。今、何時だろう。

ベッドサイドのライトを点けて時計を見た。夜の八時を過ぎている。三時間近くたっていた。

その時、またインターフォンが鳴った。

俺はこくりと唾《つば》を飲んだ。もう宅配の配達がある時間じゃない。こんな時間に訪ねてくる人なんていない。

どくんどくんと、また鼓動が速まってきた。俺はそのままベッドの上で固まっていた。

とても出られない。誰か知らないけど、早く行ってくれないだろうか。

ガチャガチャッと、ドアノブを動かす音がした。

「…ッ」

びくっと震えて、俺はベッドの上で後ずさった。背中が壁にぶつかる。

さっき宅配便が来た時、鍵を閉めただろうか？　いや、ほくろに動揺してそのまま部屋に入ってしまい、閉めなかった気がする。

考えれば考えるほど、閉めなかったように思えてきた。どうしよう。さっきの男が戻ってきたんだったら。ハナコが来たんだったら。あの男が来たんだったら。

玄関の重いドアが、ガチャリと開く音がした。

「……ひ、…ッ」

ヒクッと喉が震えた。俺は頭を抱えて、小さく小さくうずくまった。怖い。見つかりたくない。怖い。

家の中に誰かが入ってきた。玄関の明かりを点ける音がする。足音が聞こえる。

（来る）

来る。つかまる。今度こそつかまってしまう――

「逢沢！」

一瞬、呼吸も思考も止まった。

「逢沢！　いるのか⁉」

その声に、俺はおそるおそる顔を上げた。

「……樫、本……？」

荒い足音がする。ダイニングキッチンとの間の引き戸が、勢いよくひらいた。

「逢沢！」

部屋は暗いままだった。明かりはベッド脇のライトと、窓の外の街明かりだけだ。その明かりに照らされて、樫本の姿が見えた。嘘みたいに。奇跡みたいに。

樫本はまっすぐにベッドまで来て膝で乗ると、俺の両肩をつかんだ。

「大丈夫か」

「か、樫本――」

三ヶ月ぶりだ。もっと会わなかった期間はあったけど、声も聴かなかったのは初めてだった。樫本がいる。目の前に。その目がまっすぐに俺を見ている。

「何かあったのか」

「え――な、なんで……？」

俺は瞬きも忘れて樫本を見返していた。

なんで樫本がここに？

どうして、今。俺が一番苦しい時に。一番来てほしい時に。あの時みたいに。

「電話、くれただろう」

「え？」

「でもすぐ切れたから、なんかあったのかと心配になって……よかった、無事で」

（電話？　俺が？）

シーツの上に放り出されているスマートフォンが目に入った。

電話、したのかもしれない。さっき過呼吸になりかけた時に、スマートフォンに触れた覚えはあった。無意識にかけてしまったんだろうか。

「あ……俺」

これまで六年間、毎日のように樫本に電話してきた。もう指が憶えている。俺の心と体には、樫本が刻み込まれている。苦しい時にすがる命綱として。意識が薄れていく中、何度か電話が鳴っていたような気もした。俺が出なかったから、来てくれたんだろうか。国立からここまで。

「ご、ごめん……っ」

焦って、樫本から離れようとした。体をねじって、肩をつかむ手をはずそうとする。

「ごめん。間違ってかけちゃったみたいだ。なんでもない。なんでもないから……」

「なんでもない？」

樫本は険しい顔をして、ますます手に力を込めてきた。

「じゃあどうして、泣いてるんだ」

「え」

つうっと、頬を水滴がすべる感触がした。それで初めて、自分が泣いていたことに気づいた。

「――」

樫本がぎゅっと顔をしかめた。どこかが痛んだみたいに。

肩をつかんでいた手が離れる。その手を俺の背中に回すと、樫本はぐっと俺を引き寄せた。

体ごと包まれる。樫本に抱きしめられていた。

「呼んでくれよ」

耳元で声がした。

「頼むから、苦しい時は俺を呼んでくれ。応えるから。ちゃんと応えるから」

どうしてか、樫本の方が苦しいような声だった。

「おまえが泣くのは嫌なんだよ……」

「――ごめん」

どこかに蓋があって、それが壊れたみたいに、ぶわっと一気に涙と感情が込み上げてきた。

「ごめん……俺、弱くて」

来てくれて嬉しい。でもだめだ。望んじゃいけない。だけど嬉しい。ぐちゃぐちゃの感情がぐちゃぐちゃのまま、涙になってあふれてくる。

「弱くない」

ぎゅっと俺を抱きしめて、樫本が言った。

「逢沢は弱くないよ。すごくがんばってる。俺が知ってる」

「……っ」

好きだ。

ぐちゃぐちゃの感情はたったひとつの気持ちに集約されて、俺の中いっぱいに広がる。

好きだ。好きだ。好きだ。

好きだから、繋がっていたかった。つらい時にそばにいてほしかった。樫本の声が聴きたい。会いたい。触れたい。欲しい。友達なんかじゃない。頼りたいだけじゃない。その声が、腕が、体も心も全部が、欲しくて欲しくてたまらないんだ。

「樫本……」

おずおずと背中に腕を回す。少しだけ力を込めると、応えるように腕の力が強くなった。

それから、子供をあやすように優しく背中を撫でられた。ゆったりと、呼吸するようなリズムで。その手の感触を感じていると、不思議なくらいにすうっと落ち着いてくる。

「何があった?」

低い優しい声で、樫本が耳元で言った。

「ほ……ほくろのある男が」

樫本といると、俺は弱くなる。弱い自分をさらけ出したくなる。でも受け止めてくれるって知っている。

「え」

「ち、違う。ただの配達員だと思うけど……あと、ストーカーみたいなファンがいて」

「ストーカー？」

「プライベートの写真とか撮られて……っ、つけ回されてるみたいで怖くて」

ぎゅっと抱きしめられる。それから手が頭のうしろに動いて、髪を撫でられた。

「もっと早く言ってくれたらよかったのに」

「でも心配かけたくないし……彼女がいるのに、電話なんてしちゃだめだと思って」

髪を撫でる樫本の手が、ふっと止まった。

ため息みたいに息をこぼしてから、また手が背中を撫で始める。優しく。泣きたくなるくらい、優しく。

「彼女は関係ない。逢沢の方がつきあい長いんだしさ」

「……」

「逢沢と話せないと……俺が寂しいんだよ」

手が、背中を、髪を撫でる。そのリズムは俺の体に刻み込まれて、俺の心臓の鼓動になる。

「逢沢の声を聴くと、俺が嬉しいんだ。近くにいなくても、しょっちゅう会わなくても、逢沢ががんばってるって思うだけで、俺もがんばろうって思える」

声は耳から俺の体の中に落ちて、熱になって俺をあたためてくれる。

「だからさ、電話してくれよ。毎日じゃなくていいから。気が向いた時だけでいいから」

「……うん」

「俺も電話するからさ。俺も逢沢の声が聴きたいから」

「うん」

俺は弱い。俺はずるい。

樫本が泣いている人間を放り出せるわけがない。その優しさにつけ込んで、俺はいつまでも樫本を縛りつけようとしている。

でも、電話だけでいいから。声だけでいいから。この気持ちは、絶対に外に出さない。

樫本には伝えない。

出したら、終わる。繋がっていられなくなる。もう電話することもできなくなる。

だから電話だけでいい。声だけで。それ以上は望まない。

いつか本当に終わる、その時までは。

その夜、樫本は俺の部屋に泊まっていった。

冷蔵庫にはろくなものが入ってなくて、樫本が買い置きの缶詰とレトルトで夕飯を作ってくれた。

夜は、シングルベッドで一緒に眠った。

樫本は寝つきも寝相もよくて、仰向けに眠ってあまり動かない。でも、寝つけない俺が夜中に目を向けると、めずらしく横向きになっていた。穏やかな寝顔がこちらを向いていて、規則正しい寝息が唇から漏れている。

(寝てる時は、優しい顔になるんだよな)

眠っている時にしかめ面や難しい顔をしている人ってけっこういる。でも、樫本は普段はわりと厳しめの顔つきなのに、寝ている時は力が抜けて無防備だ。洗いざらしの髪のせいもあってか、なんだか高校生の頃に戻ったみたいだった。

(好きだ)

気持ちが胸の中にあふれてくる。その気持ちには、甘さよりも苦さやせつなさの方が多い。抑え込んでいると、内側からぎりぎりと胸を苛んでくる。でも、絶対に言わない。表に出さない。

（今だけ。少しだけ）

樫本がよく寝入っているのを確認して、俺はそっと体を寄せた。

狭いシングルベッドに男二人だから、ほとんどいっぱいいっぱいだ。俺も横向きになって、向かい合う。貸した長袖Tシャツが少し小さく見える、樫本の体。その息遣いを、体温を感じる。

俺は浅ましい。こんなの許されない。樫本には彼女がいるのに。

でも、少しだけ。今夜だけでいいから。

無造作に目の上にかかった前髪がいとおしくて、どうしても触れたくなった。誰かの髪にこんなに触れたくなったのは初めてだ。

髪くらいなら。肌には触れられないけど、髪なら許してもらえないだろうか。

そっと、指を伸ばした。人差し指の先で、眉間の髪をはらう。

「……」

かすかな鼻声のようなものが聞こえた。樫本は寝言を言ったりするんだろうか。夢を見ているんだろうか。どんな夢だろう。

さらに顔を寄せる。同じシャンプーの匂いがした。胸がいっぱいになるほど、こんなことが嬉しい。

「ん……」

気配を感じたかのように、樫本が身じろぎした。

俺はびくりと身を引こうとした。

その時、樫本の片腕が上がった。

「…っ」

無造作に、引き寄せられた。ごく自然に。まるでいつも一緒に寝ていて、そうやって抱きあうのが自然なことみたいに。

樫本の目が、うっすらとひらいた。

「——」

小さく息を呑んだ。

でも瞳はぼんやりしていて、見ているのに見ていないみたいだ。部屋の中は暗い。カーテンの隙間から街の明かりが漏れているけど、目が慣れていないとほとんど何も見えない。

樫本はきっと寝ぼけているんだろう。そしてきっと——彼女と間違えている。

ぼんやりと目を開けたまま、樫本の手が動いた。背中を引き寄せた手が髪に移動して、優しく撫でる。竹刀をふるうあの強い手で、息を呑むほど優しく。

(こんなふうに)

こんなふうに優しく、髪を撫でるんだと思った。

どくんどくんと、心臓が鳴っていた。静まり返った部屋の中で、樫本に聞こえるんじゃないかと思うくらいに。

（どうしよう）

心臓が破れそうだ。

樫本の手が、髪を、こめかみを撫でる。樫本の目が俺を見つめている。違う。俺を見ているんじゃない。彼女を見ているんだ。

「——」

髪を撫でた手が頭のうしろに回り、そっと引き寄せられた。

樫本の顔が近づいてくる。唇が近づいてくる。あともう少し——

だめだ。樫本は間違えている。こんなのいけない。許されない。

でも、俺は動けなかった。

「……ッ」

唇が重なるまであと数センチ、というところで、樫本の動きが止まった。

とろりとしていた目に、すうっと幕が下りるみたいに瞼が下りる。頭の後ろに置かれていた手から力が抜けた。ぱたりと、シーツの上に落ちる。

樫本の寝息は乱れていない。部屋の中の空気もしんと静まっている。暴れているのは俺の心臓だけだ。

（好きだ）

絶対に、言わない。外に出さない。樫本に知られないように、誰にも知られないようにする。そう心に決めた。

でも苦しかった。

苦しくて苦しくて——涙が出た。

◆◆◆　二十三歳

羊羹のやうに流れてゐる。

夜の隅田川を見てそう言ったのは、たしか室生犀星《むろうさいせい》だ。高校の現国の資料集に載っていた。

室生犀星といえば、金沢の犀川《さいがわ》だ。うつくしき川は流れたり　そのほとりに我は住みぬ——だ。

金沢に行ったことがないから犀川がどんな川なのか知らないが、きっと流れの美しい澄んだ川なんだろう。長良川のような。そんな川のほとりで育った犀星が、東京の夜の川を〝羊羹のやう〟と称した気持ちはよくわかる。

黒々としていて、固まっているみたいで。流れているのかどうかもよくわからない。

――もしもーし。俺。今いい？　仕事終わった？

――ああ。ちょうど終わったところだ。

――今どこ？

――言問橋《ことといばし》の近くだ。スカイツリーが見えるよ。

――スカイツリーかあ。言問橋って隅田川？

――そう。これから直帰する。

――直帰なんだ。俺も今から帰るとこ。今日、行ってもいい？

――ああ、いいよ。

大学を卒業し、就職して一年がたった。俺は国立から都心に引っ越していた。逢沢からは、あいかわらず電話がかかってくる。お互い忙しいので、毎日必ずってわけじゃない。でも今は俺からもかけるし、家が近くなったぶん、これまで以上に会うようになった。

就職が決まった時、家族の次に電話をかけたのは逢沢だった。

――就職先、決まった。

――おめでとう！　どこ？

――総務省。

――そうむ……え、国家公務員!?

――言ってなかったっけ。うちのゼミ、国家公務員を目指す奴が多いゼミだから。

――さすが一橋《ひとつばし》だなあ。

勤め先は霞が関の合同庁舎なので、丸ノ内線一本で通える新大塚に引っ越した。緑が多く空も広かった国立に比べて、都心はやっぱりビルばかりだ。特に一日中霞が関にいると、時々むしょうに川が見たくなる。

だけど東京の川は、俺の知っている川とは別物のような気がする。これはこれで、桜も咲くし、花火大会もあるし、風情《ふぜい》もあるんだろうけど。

今いる浅草から新大塚までは、乗り換え二回。都心の複雑な交通網にも、もう慣れた。今日は出先から直帰していいと言われたので、まだ七時前だ。真冬なのでもう真っ暗だけど、この時間に帰宅できるのは嬉しい。

（冷蔵庫、何があったかな……逢沢が来るし、スーパー行くか）

まだ下っ端だから、仕事は資料作りに様々な調整、雑用、それからいわゆる鞄持ちだ。鞄は持たないけど。上司や先輩にくっついていろいろなところに行き、各種会議や打ち合わせに参加する。参加するだけで、たいして役には立たない。そうやって人の顔や役職、国会のルール、折衝《せっしょう》や交渉の仕方を覚えていく。

ちょうどいろいろな法改正が重なって、このところずっと忙しかった。膨大な紙やデータに忙殺されていると、あっという間に一日が終わる。地道な仕事は向いている方だと思っていたけど、これほど忙しいとは思わなかった。

（寒いし、あったかいもの食いたいな。よし、時間あるし、シチューにするか）

スーパーで買い物をして、重くなった買い物袋を提げてマンションに向かった。マンションの前の通りに入ったところで、紺色の車がすうっと近づいてきた。俺の脇で停車する。

「樫本！」

後部座席の窓が開いて、逢沢が顔を出した。

「時間ぴったり」

「だな。送ってもらったのか」

「うん。原さん、ありがとうございました」

助手席から中を覗くと、運転席に座っている逢沢のマネージャーが会釈した。

「春翔がいつもお世話になっています」

「逢沢がいつもお世話になってます」

同時に同じセリフを口にしてしまった。

マネージャーの原という人が、ぷっと吹き出した。俺も苦笑いしてしまう。「俺、そんなに世話ばかりかけてるかな」と逢沢がむくれた。

逢沢の所属事務所でマネージャーをしているこの人とは、何度か会ったことがあった。いつも笑っているような糸目で、どっしりと体格がいい。逢沢が高校生の頃からずっと世話になっているんだという。

「春翔、明日の入り、遅れないようにね。電話するから」

「はい」

「あと、週刊誌、気をつけて」

「大丈夫。今日は樫本のところに泊めてもらうから」

「まあ、いいけどね……」

しょうがないなって笑顔をひとつこぼしてから、もう一度会釈して、マネージャーは車を発進させた。テールランプが角を曲がるのを見送って、二人でマンションに入る。

逢沢はボディバッグひとつの身軽な姿で、「持つよ」と買い物袋を持ってくれた。「今日は何?」と中身を覗き込んだので「かぼちゃのシチュー」と答えると、「やった」と笑う。

「肉だよね」

「スーパーの鶏肉だぞ。逢沢はもっといい肉食べてるんじゃないのか」

「たまにね。でも、家で作るこういうのが一番いいよ」

逢沢は嬉しそうに言う。新大塚の地味なマンションの、地味な灰色のエレベーターの前で。

なのにどうして、こんなに輝いて見えるんだろうと思う。一人だけスポットライトがあたっているみたいだ。

（芸能人だもんな）

いつのまにか、逢沢はけっこう知られた俳優になっていた。ドラマやＣＭでよく見るし、駅の構内でアップになったバカでかい広告を見て、ぎょっとすることもある。地方在住の雑誌のモデルから初めて、紆余曲折《うよきょくせつ》があったみたいだけど、がんばってるなあと思う。

最近、逢沢は茗荷谷《みょうがだに》に引っ越した。ここ新大塚の隣の街だ。

「ほんとは樫本と同じマンションがよかったんだけど。そしたら毎日樫本とごはん食べられるのに。帰るのも楽だしさあ」

「俺も毎日は作れないよ」

「樫本が忙しい時は俺が作るよ！」

「逢沢は料理ヘタだろ」

笑うと、逢沢も「へへ」と笑う。こういう気の抜けた笑い方は、高校生の頃から変わっていない。マスコミやファンは知らない顔だと思う。

「でも原さんに、セキュリティのしっかりした部屋じゃないとだめって言われてさ」

「まあそうだろうな」

茗荷谷は緑が豊かで治安もいい、落ち着いた街だ。隣の駅だけど、新大塚より家賃が高い。茗荷谷に引っ越してから、逢沢はよくうちに泊まりにくるようになった。今は合鍵を渡しているから、残業して帰ると先に寝ているなんてこともざらだ。

こんなに長いつきあいになるなんて、あの頃は思ってもみなかったな、と思う。剣道の稽古をしていたあの夜の川原から、ずいぶん遠くへ来た気がする。俺も、逢沢も。

「さっき、マネージャーさんが週刊誌に気をつけてって言ってたけど」

部屋に入り、キッチンで買い物袋から中身を出しながら言った。

「うん？」

逢沢は勝手知ったる様子で明かりとエアコンを点けながら答える。しょっちゅう泊まっているから家賃と光熱費を払うと言われたけど、それは断った。代わりのつもりなのか、買い物や掃除をしておいてくれたり、高級食材や酒を買ってきてくれたりする。逢沢はビール一本で酔っぱらってしまうんだけど。

「ゴシップ誌に狙われてるのか？」

「あー……、うん、まあね……」

曖昧に答えながら、逢沢はポケットからスマートフォンを取り出した。

めた。

「ごめん。ちょっと」

部屋を横切って、ベランダに出る。新大塚は地味な街だけど、新宿や池袋を望むので夜景だけは豪華だ。逢沢はベランダの手すりに腕をかけて、俺に背を向けて誰かと通話を始めた。

逢沢には今、つきあっている恋人がいる。

それがどんな相手なのか、詳しくは知らない。ただ恋人ができたとだけ聞いていた。相手も芸能人なら、俺には言わないだろう。

一度だけ、恋人がいるのにこんなに俺の部屋に入り浸っていいのか、と訊いたことがある。逢沢は返答を探すように黙り込んでから、「へへ」と笑った。

「相手の方が俺より忙しいからさ、そんなに会えないんだよね。それに、もし俺を狙う記者がいても、男の友達としょっちゅうつるんでるって思ったら諦めてくれるでしょ」

なるほど、と思った。俺はカモフラージュらしい。

俺の部屋にいない夜、逢沢がどこにいるのかは知らない。誰と連絡を取っているのかも知らない。俺には知る権利がない。

俺は逢沢のことを、本当はよく知らないんだろうなと思う。こんなにも長い間、繋がっているのに。長い時間を一緒に過ごしているのに。

ゴシップ誌に加えて、ストーカーじみたファンもあいかわらず逢沢をつけ回しているらしかった。露出が増えてファンも増えて、ちょっと危ないファンも増えている。たとえば逢沢の恋人がアイドルや女優だったら、相手のファンからも恨まれることになるんだろう。だったら、俺を隠れ蓑《みの》にしてくれればいいと思う。カモフラージュでも隠れ蓑でも、なんだってやってやる。逢沢が笑っていてくれて、しあわせでいてくれるなら。

鶏肉を炒めて、切った野菜を加える。かぼちゃは煮崩れしやすいから後で入れることにして、鍋に水を入れる。火を点けてリビングに入ると、ベランダから戻ってきた逢沢がひどく暗い顔をしていた。

唇を噛み締めてスマホを見下ろしている。何か嫌なものを見てしまったらしい。ストーカーか、それともアンチか。

「大丈夫か?」

「えっ」

はっとしたように顔を上げて、逢沢はとりつくろう顔で笑った。

「大丈夫。なんでもないよ」

笑うな、と思う。笑っていてほしいと思うけれど、こんな笑い方はしなくていい。

俺は逢沢の頭の上にぽんと手を載せた。そのまま、髪をくしゃくしゃとする。やわらかな猫っ毛。

「仕事、大変か」

「んー、樫本の仕事だって大変でしょ」

「つらいことはないか？」

「大丈夫。樫本がごはん作ってくれれば、たいていのことは乗り越えられるから」

冗談交じりに、逢沢は笑う。俺もちょっと笑って、そのまま逢沢の頭を俺の肩口に寄せた。

「……」

俺は口が上手くない。芸能界のことはわからないし、ストーカーや記者に追いかけ回された時の対処法も知らない。仕事についてもプライベートについても、逢沢にアドバイスなんてできない。きっと事務所の人とか芸能界の先輩とか、ふさわしい人が他にいるだろう。

でも、逢沢が落ち着く方法は知っている。

ゆっくりと、深呼吸するくらいのリズムで髪を撫でる。肩口で、逢沢が小さく息をこぼした。

宅配便の配達員に怯えて発作を起こしてから、たまにこういうふうに逢沢の髪を撫でることがあった。逢沢はいつもされるままになっている。

あれ以来インターフォンには出ないようにしているようだし、今はセキュリティ完備のマンションに住んでいる。ファンが増えてストレスも多いみたいだけど、仕事はきちんとこなしていた。

けれどこうやって髪を撫でるのは、習慣みたいに続いていた。逢沢の方から体を寄せてくることもある。俺の肩口や胸にひたいをあてて、じっとしている。

そう、ただの習慣だ。ストレスに対処する方法は、人によってまちまちだ。逢沢の場合は、たまたまそれが俺だってだけ。臨海学校の時やほくろのある配達員に会った時に、たまたま俺がそばにいたから。たまたま対処できたから。だから俺はその役目を果たそうと思う。

――もし俺が恋人だったら。

時々、そんなふうに思いそうになる。俺が逢沢の恋人だったら、もっと話を聞いてやれて、もっと違う慰め方もできただろうか。そう思いそうになって、すぐに打ち消す。

俺にはその資格はない。逢沢にはもう、恋人がいるんだから。

「……隅田川」

俺の肩にひたいをあてたまま、逢沢がぽつりと言った。

「綺麗だった?」

「あー、もう暗かったからな。真っ黒だったよ。羊羹ってのを思い出した」

「ようかん?」

「羊羹のやうに流れてゐる、って室生犀星の言葉。現国で習った」

「樫本は頭がいいから、いろんなことを覚えてるよね」

肩口で逢沢がくすくすと笑う。くすぐったい。

「昼間に見れば綺麗だったかもしれないけど……でもやっぱり、長良川とは違うな」

俺にとっての川のイメージは、やっぱり生まれ育った町の川だ。あたりまえにそこにあって美しい、でも制御することのできない自然そのもの。

都会の川は、俺には窮屈に身を縮めているみたいに見える。暗く淀んでいて、流れているかどうかもわからず、生きてはいるんだろうけどおとなしい。もちろん都会の川だって、何かあれば暴れて自然の力を人間に思い出させるんだろうけど。

「そっか。……俺さあ」

逢沢の髪を撫でる。今はミルクチョコレートみたいな色に染めていて、でも猫の毛みたいにやわらかな質感はそのままだ。

「俺……樫本の声を聴いたり、こうやってそばにいると、川を思い出すよ」

ああ、と頷いた。

わかる。わかるよ。

「別に帰りたいって思ってるわけじゃないし、いつか帰ろうと思ってるわけでもないんだけど……でも自分の体の底には川が流れていて、樫本と話すとそれを思い出すっていうか、川の匂いを思い出すっていうか」

「うん」

「今はこうやって近くに住んでるけど、遠くにいる時、樫本の声を聴くと――なんか、なんかさ……」

「うん」

「あ……――」

その言葉の先が、わかった気がした。

たぶん俺と同じだから。

「ごめん。なんでもない」

顔を上げて、逢沢はにこりと笑った。ポスターみたいな綺麗な顔で。充電完了、って感じだ。

俺は手を離す。俺にできるのはこのくらいだ。

「おなかすいたなー。ごはんの支度手伝うよ」

逢沢はぱっと俺から離れて、キッチンに行った。つまみ食いをしたがる子供みたいな顔で鍋を覗き込む。

「シチューはあとは煮込むだけだ。先に風呂入ってろよ」

「サラダくらい作るよ」

「じゃあトマト切ってくれ。切るだけでいい」

「樫本はほんと俺の料理の腕を信用してないよね」

逢沢は明るく笑っている。逢沢が離れて、俺の胸にはぽっかりと空白ができる。ため息を飲み込むようにして、俺はその空白を飲み下した。


新大塚に引っ越した時、家具をいくつか新しく買った。冷蔵庫も少し大きいものに買い替えた。

一番大きな買い物は、ベッドだ。新しいベッドはセミダブルだ。それほど広い部屋じゃないから場所は取るけれど、快適な寝心地だ。

大学時代につきあっていた彼女とは、就職活動中に別れた。俺は面白味のない男だから、まあしょうがないかなと思う。別れても普通に話していたけど、卒業してからは一度も会っていない。

人とつきあうのは、正直、面倒くさい。俺は朴念仁《ぼくねんじん》だから、女の子の気持ちがわからない。察してくれと言われても困惑するしかないし、口に出して言われると、さらに困惑する。女性が望む理想の恋人にはなれそうもない。

でも、じゃあどうして、逢沢とはつきあえるんだろう。

夜になると、逢沢はセミダブルのベッドに潜り込んでくる。男二人だと、セミダブルでもやっぱり少し窮屈だ。どうして、その窮屈さが嫌じゃないんだろうと思う。

「樫本は明日、いつもの時間?」

「ああ」

「俺の方がちょっと遅いな。寝てていい?」

「うん。じゃあ、朝メシ作っておいとくよ」

「やった。サンキュ」

ふふっと嬉しそうに笑って、逢沢は毛布をかぶる。こっちに横向きになって、目を閉じた。

俺もスマホを枕元に置いて目を閉じる。いつも同じ時間に目が覚めるタイプだから、逢沢を起こさずに起きられるだろう。それから、部屋の明かりを消した。

セミダブルのベッドに、男二人。きっと傍から見たら変だろう。どうして、逢沢とつきあうのは面倒じゃないんだろう。どうして俺はセミダブルのベッドを買ったんだ。一人暮らしなのに。

カーテンの隙間から漏れる夜景の光と、キッチンに点けている常夜灯の明かりとで、部屋の中は真っ暗じゃなくほんのりと薄暗い。目が慣れると、隣で眠っている逢沢の顔が見える。

逢沢は寝入る時は横向きになって寝るタイプだ。膝を曲げて、胎児のような姿勢になる。

こういう姿勢で眠るタイプは不安感が大きかったりするんだろうかと、ちらりと思う。

間近で眠る顔。伏せた長い睫毛の上にやわらかそうな猫っ毛がかかっている。あいかわらず肌が綺麗で、夜の空気の中だとひんやりした大理石みたいだ。

家族よりも、かつていた恋人よりも、ずっと近い場所に逢沢はいる。

（綺麗な顔だな……）

だけど綺麗な顔の人間なら、いくらだっている。東京はやっぱりお洒落な人が多いし、逢沢のいる芸能界なんて美男美女ばかりだ。

なのに、どうして彼だけ輝いて見えるんだろう。どうして彼にだけ、光があたっているように見えるんだろう。

初めて言葉を交わした時から、そうだった。眩しくて、でも逢沢が笑うと嬉しかった。笑っていてほしい、苦しまないでほしいと、そればかり願った。

あの日のことを思い出す。俺に彼女ができたと知って、逢沢が涙を流した日。

俺は朴念仁だし、友情と恋情の境目なんて皆目わからない。だけど思う。あれが恋じゃなかったら、いったい何が恋だっていうんだ。

あの、内側に火を隠したような頬。熱に浮かされた瞳。

あの熱は知っている。逃げ出したくなるような。それでいてぞくぞくするような。

思い返せばそれまでだって、何度もそんな視線を向けられてきた。隠れるように。盗み見るように。俺はそのたびにぞくぞくして――いてもたってもいられない気持ちになった。

だからきっと無意識に、逢沢を俺に繋ぎ止めた。

頼られるのが嬉しかった。繋がっていられるのが嬉しかった。だから確信犯的に、電話をかけさせた。毎日飲まなくちゃいけない薬みたいに、それなしではいられなくなるように。

(最低だよな)

だけどそれも――あの夜に終わった。

逢沢を抱きしめなかった、あの夜に。

狭いシングルベッドで、初めて向かい合わせになって眠った。逢沢が体を寄せてきたのは知っていた。気づいていた。俺の髪に触れてきたことも。ひどくそっと、おそるおそる、触れてはいけないものに触れるみたいに。

あの時、引き寄せそうになった。抱きしめそうになった。そうするのが自然なことに思えたから。

今ならわかる。自分の中に生まれた熱がなんなのか。その熱がどんなふうに自分をなぎ倒して、攫ってしまうのか。

でも、俺はしなかった。あと少しのところで抑え込んでしまった。俺にはつきあっている彼女がいたから。

あの夜に、終わったんだと思う。たしかにあったけれど、心より外側には存在することなく、消えてしまった。

だからもう、俺と逢沢がそうなることはないだろう。逢沢には恋人がいるし。この関係が続くにしても、きっとどちらかが結婚した段階で終わる。結婚したら、家族ができたら、もう俺に電話をかけてくることはないだろう。

「ん……」

逢沢が小さく鼻声を出す。もぞもぞと寝返りを打って、仰向けになった。薄暗い部屋の中、綺麗な鼻のラインとかすかに開いた唇が見える。

俺はあまり後悔はしない方だ。そもそもやりたいこととやった方がいいと判断したことしかしないから、それで失敗したらしょうがない。

でもひとつだけ、後悔していることがある。

あの夜、キスしておけばよかった。

翌日は、逢沢から仕事が遅くなりそうだと連絡があった。逢沢が来ないとわかると、急に料理をするのが面倒になる。元来、俺は面倒くさがりだ。シチューの残りですませようと早々に決めて、残業をした。

なかなか切りのいいところまで終わらなくて、日付けが変わってしまった。ぐったり疲れてタクシーで帰宅して、玄関ドアを開けたところで、スマートフォンの通知音が鳴った。メッセージだ。

メールやメッセージアプリじゃない。電話番号で送ることができるＳＭＳだった。

ああまたか、とさらに疲れが倍増した。

差出人の名前はない。登録もされていない、知らない番号だ。見なくてもわかるけれど、一応確認した。

メッセージにはいつも同じ文章が書かれている。一文だけだ。

『逢沢春翔に近づくな』

◇◇◇　二十六歳

「春翔くんを見てると、昔飼ってたシェルティを思い出すなあ」

蔵前《くらまえ》ほのかさんはそう言って、ふふっと笑った。

「シェルティって、シェットランドシープドッグですか？」

「そう。めちゃくちゃかわいい、賢い子でね。綺麗なセーブルの毛並みの子だったな」

「へえ。僕、犬を飼うのが子供の頃からの夢なんですよね。ずっとマンション暮らしで、親は動物に興味なくて。いつか飼いたいなあ」

「シェルティいいよ！　ほんとに賢くて、穏やかな性格の子が多いし。家族の中で私に一番なついてくれてね、まっすぐのキラキラな瞳がかわいくって……あ、だめ。あの子のこと思い出すと泣きそう」

　俺はテレビ局のスタジオにいた。ドラマの収録現場だ。今は出番がなくて、俺と蔵前さんは揃ってセットの外で待機している。

　主役をやらせてもらうのは、これで二本目だった。ありがたいことに初主演のドラマも好評で、早々に今回の話をもらった。二十五で初主演って、俳優としては遅咲きだろう。でも、これが俺のペースかなと思っている。

　ストーリーは、ラジオパーソナリティとそのリスナーの恋の話で、俺はパーソナリティ役だ。聞き心地のいいさわやかな声がいいと、監督さんには言ってもらった。今時ラジオってちょっとレトロな気がしたけれど、逆に流行っているらしい。何かしながら聞けるゆるさと、過剰に繋がらずにすむのがいいから、と。

　そういう感覚は、よくわかった。二十四時間繋がりっぱなしで早いレスポンスを要求されるネットより、レトロでちょっと不自由で、肉声が聞ける方が、大事な部分で繋がれる気がする。

蔵前さんは先輩パーソナリティ役だ。俺よりいくつか歳上で、年齢不詳のかわいらしい容姿と高い演技力で人気の女優さんだった。役柄的には俺の憧れの人という立ち位置で、三角関係っぽくなったりもする。キャリアがだいぶ上なので胸を借りるつもりだったけど、蔵前さんはすごく気さくに接してくれていた。ヒロイン役は別にいるけれど、俺は蔵前さんとのシーンが多いので、必然的に蔵前さんと話すことが多かった。

「でも犬は散歩や規則正しい生活が必要ですよね。この仕事だと、やっぱり無理かなあ」

「そうなのよねえ。旦那も仕事で忙しいし。寂しい思いさせちゃうからなあ」

心底残念そうに、蔵前さんはため息をつく。蔵前さんが話しやすいのは、既婚者というのもあった。

「シェルティって賢くて優しいんだけど、繊細で飼い主さん以外には簡単になつかないところもあるんだよね。そういうところも、ちょっと春翔くんっぽい」

「そうですか?」

「表面上は愛想いいけど、ほんとは人見知りするでしょ」

ショートカットのよく似合う小さい顔を傾げて、ちょっといたずらっぽく蔵前さんは言う。

「うーん、まあ……そうかもしれないです」

飼い犬を思い出すって、よく考えたら誉め言葉なのか微妙な気もしたけれど、別に男として見られたいわけじゃないのでかまわなかった。

（樫本だったら、シェパードとかかなあ。強くてかっこよくて……あーでも、職務に忠実ってタイプでもないんだよな。けっこう面倒くさがりだし）

仕事で疲れたと寝そべっている姿を、大型犬が寝そべっている姿と重ね合わせて、ちょっと笑ってしまった。

「あ、思い出し笑いしてる」

「なんでもないです」

「えー、なになに。教えてよ」

「なんでもないですって」

二人して学生みたいにじゃれているところに、ＡＤさんが呼びにきた。ようやく前のシーンが終わったらしい。「じゃ、行きますか」と蔵前さんが立ち上がった。


——もしもーし。俺。今いい？　引越し、終わった？

——ああ。いや、全然終わってない。直で庁舎行って、挨拶回りしてたから。さっきまで引っぱり回されてたよ。

——え、そうなんだ。お疲れ。じゃあ落ち着いてから行った方がいいかな。

——いや、今日来てくれ。もう外出する気力もない。夕飯買ってきてくれないか。

——オッケー。じゃあ適当になんか買ってく。

——よろしく。


通話を切っても、もう繋がっていないスマートフォンをしばらく眺めてしまう。頬がゆるみそうだ。でもまだスタジオの中なので、がんばって顔を引き締めた。

(こないだ会ったのは正月だから……三ヶ月ぶりか)

樫本は勤続二年目に異動になり、二年間、大阪に行っていた。異動は国家公務員につきものらしい。そして今日、やっと東京に戻ってきた。

本当は四月付けで異動だけど、諸事情で一ヶ月前倒しになったらしい。そのうち海外に研修や留学で行くことになりそうだという。官僚って大変だなと思う。

大阪に行っていた時も、電話はしていた。樫本はたびたび出張で東京に来ていたし、なるべく時間を作って会ってくれた。だからすごくひさしぶりってわけでもない。でもやっぱり、ひさしぶりだ。

(大阪はおいしいものいっぱいだよな。何がいいかな。和食、イタリアン、中華……)

デパ地下に行ってあれこれ見て回り、中華料理店で春巻きや小籠包やサラダを買い込んだ。そして、樫本が新しく住む中目黒に行った。

自分で住居を探す時間がなかったので、今度は公務員宿舎に住むという。宿舎っていうとなんとなく古いイメージだけど、中目黒のその建物は、ごく普通の小綺麗なマンションって感じだった。言われないと、公務員宿舎なんて気づかない。

ちゃんとオートロックもついていて、解除してもらって中に入る。ドアが開くと、ワイシャツのボタンを三つめまで開けて腕まくりした樫本が出てきた。

「おう。ひさしぶり」

「あ、う――うん」

そんなにひさしぶりでもないけど。しょっちゅう電話で話していたけど。

でもやっぱり、会うと嬉しい。体温が上がる気がする。

「えーと……おかえり？」

なんだか変な気もするけれど、とりあえずそう言った。樫本は軽く笑った。

「うん。ただいま」

（あー…）

樫本だ、と思った。

（大好きだ）

「入れよ」

樫本は俺を促して廊下を進んでいく。廊下には段ボール箱が無造作に積まれていた。その先の部屋に入って、驚いた。

「広いね……！　え、これ2LDK？」

「俺も今日来て、初めて知った」

　樫本は苦笑いする。

「そうなんだ？　間取りとか事前に知らされなかったの？」

「急に決まったから、空いてるところに適当に放り込まれたみたいだな。住所しか知らなかったよ。確認してる暇なかったし。ここ、夫婦向けなんじゃないかな」

　中目黒といえば、人気の高いところだ。樫本が自分では選びそうもないお洒落な街だ。リビングの窓も大きくて、今は夜景が広がっている。その部屋に適当に家具が置かれ、段ボール箱が山積みになっていた。

「引継ぎが終わらなくて、昨日も残業でさ……明け方まで荷造りして、ほとんど寝てないよ。荷物も管理人に頼んで入れてもらったから、どこに何があるかわからないし」

「た、大変だね……」

　樫本はソファとテーブルの周りの荷物をどけて、居場所を作る。とりあえず座れるようになると、テーブルに置いてあった缶ビールを取り上げた。プシュッとプルタブを開けて、ごくごくと喉仏を上下させておいしそうに飲む。

「あー、疲れた」

「お疲れさま。ごはん買ってきたよ」

「サンキュ。でもちょっと休憩──」

言って、どさっとソファに寝転んだ。やっぱり大型犬みたいだ。

「散らかってて悪いな……適当にしててくれよ」

「えーと、じゃあ俺、ごはんの用意しようかな。レンジあるよね？」

「コンセント繋がってない……食器の箱も開けてない」

「あー、俺やるから。樫本は休んでて」

「悪いな……逢沢も忙しいだろう」

「大丈夫。撮影順調だし、もうすぐ終わるから。明日は午後からだし」

「ドラマ、見てたよ……」

声があくびまじりになった。

俺はキッチンに行って電子レンジのコンセントを繋ぎ、『食器』とマジックで書かれた段ボール箱を開けた。グラスや皿を取り出して洗う。お茶と電気ケトルも探し出した。それから、思いついてバスルームに行った。

疲れていそうだから、お風呂に入りたいだろう。バスルームも広くて綺麗だ。でも引っ越したばかりなんだから、軽く洗った方がいいかなと思った。近くにある段ボール箱を探したけれど、掃除道具が見つからない。樫本に訊こうと、リビングに戻った。

「樫本、掃除道具って……」

樫本は仰向けになって目を閉じていた。

(寝ちゃってる……)

すうすうと静かな寝息が漏れている。本当に疲れているんだろう。

大阪にいる時も、忙しそうだった。俺には官僚の仕事ってどういうものなのかわからない。何か通信関係の法の整備をしていると聞いたけど、そう聞いてもさっぱりだ。でも、大変なんだろうなとは思う。あまり自炊もできないって言っていて、体は大丈夫なのか心配だった。

同じ心配を、樫本も俺にしてくれていた。テレビで見てるよ、忙しそうだな、ちゃんと食べてるか、と。

電話だけでも、声だけでも繋がっていられる。だけどやっぱり、実際に会うのは格別だ。

(どうしようかな)

起こしていいかな、でも疲れてるしな……と悩みながら、俺はソファの前に座り込んだ。横顔を見つめる。

「……」

しっかりした眉。通った鼻筋。静かで思慮深そうな目が、今は閉じている。見ているだけで、乾いた心に豊かな水が満ちるように、俺は満たされる。

帰ってきてくれて、嬉しい。

と、気配に気づいたのか、瞼がふっと持ち上がった。俺はあわてて離れようとした。

立ち上がる前に樫本の手が伸びてきて、後ろ頭を引き寄せられた。

「…っ」

ぽす、とワイシャツの胸の上に頭を置かれる。外の空気の匂いに混じって、樫本の匂いがする。それだけで胸がいっぱいになって、俺は涙が出そうになる。

「ただいま」

もう一度、樫本が言った。俺は声にならなくて、うん、とただ頷く。

「仕事、忙しいんだろう。ストーカーとか芸能記者とか、大丈夫か？」

「大丈夫だよ。もう慣れたし」

「変なことされてないか」

「大丈夫だって。ああいうのって、実際に手は出してこないものだし」

「まあそうかもしれないけど……メシはちゃんと食ってたか？」

「樫本、いつもストーカーとごはんのことばかり言ってるよ。樫本の方が忙しいんじゃないの？」

胸にひたいを伏せたまま、俺はくすくすと笑う。樫本の手が髪をくしゃくしゃっとした。

この手の感触、ひさしぶりだ。

「逢沢がいないと、作るの面倒になっちまうんだよなあ。外食ばかりで、太ったよ」

「そう？　全然変わらないけど」

「筋肉が落ちたんだよな。少しトレーニングしないとなあ。道場行きたいな」

言いながら、樫本の手が俺の髪を撫でる。俺はうっとりと手のひらの感触を楽しむ。俺が犬だったら、きっとしっぽを振っている。

「俺、今、青山だからさ。近いから、またごはん食べにきていい？」

「ああ。——いっそ、一緒に住むか。部屋余るし」

「え」

どきりとした。バカみたいに胸が高鳴った。

「まあでも、官舎で勝手なことできないよなあ」

「そ…そうだよね」

俺は勝手に暴れた胸の鼓動をどうにか鎮めようとする。恥ずかしい。樫本には知られちゃいけない。

電話で話すとずっと忙しそうで、大学の時以来、つきあっている人はいない感じだった。だけどわからない。樫本はそういう話を自分からしないし、俺に訊くこともなかった。でも異動の話が出た時もさっぱりしていたし、こんな軽口が出るなら、今は恋人はいないんだろう。俺はまだ、樫本と過ごすことができる。

まだ、一緒にいられる。

いつまで一緒にいられるだろう。二十六歳。普通につきあっている相手がいて、結婚の話が出たっておかしくない。樫本はエリートだから、女性が放っておかないだろう。

（いつまで）

それを考えるたびに、俺の胸はぎりぎりと痛む。今度恋人ができたら、年齢的に結婚を考えるだろう。海外に行くなら、その前に結婚して一緒に、って思うかもしれない。

きっとこんなふうにしていられるのは、あと少しだ。もう少しで――終わる。

十年。長すぎたくらいだ。十年間も、樫本は俺を支えてくれた。そばにいる時も、いない時も。

だからその時が来たら、笑って手を離さなくちゃいけない。

「向こうの職員にさ……逢沢のファンの子がいたよ」

まだ眠そうに、のんびりした口調で樫本が言う。

「へえ」

「逢沢、どこかのインタビューで岐阜の話をしただろう。同郷で同い年ですよねって言われて、知ってますかって」

そのインタビューは覚えていた。岐阜は俺にとって第二の故郷だ。高校の同級生と自転車の二人乗りで川原を走ったのが思い出だって話した。

「なんて答えたの?」

「さすがに知らないって言ったよ。でも、その子の目がキラキラしててさ……逢沢が主演のドラマ、すごく楽しみにしてた。今日はドラマがあるから定時で上がるんだって仕事もがんばってて」

「そうなんだ。ありがたいな」

「誰かをこんなふうに楽しませることができるのって、すごいなって思ったよ。テレビで逢沢を見ると……遠くなった気がする」

「遠くないよ」

遠くない。ここにいる。本当はもっと近くに行きたくてたまらない。

十年たっても、俺は樫本を好きなままだ。

どこかで途切れていたら、諦めることができたのに。樫本がさっさと結婚でもしてくれたら、思い切ることができたのに。

でも、できなかった。自分からは手を放せなかった。ずっと好きなままで、ずるずるとこんなところまで来てしまった。

「樫本の方が……遠いよ」

仕事で成功しても、少しは強くなっても、俺は樫本に届かない。同性だから。友達だから。俺にはどうにもできないことが立ちはだかって、いつまでたっても触れられない。

あと少し。目を閉じて、胸の痛みを底の方に押し込めながら、俺は思う。

せめてその時までは、どうか――……


「春翔、また部屋に帰ってないよね？」

ルームミラー越しに、少し睨むように原さんは言った。普段は常に笑っているように見える細目なんだけど、そういうふうにされると、ちょっと怖い。

「ごめんなさい」

俺は素直に謝った。売れない頃からずっと面倒を見てもらっているから、俺は原さんに頭が上がらない。

「樫本さん……東京に帰ってきたんだ？」

え、と顔を上げた。原さんに話しただろうか。

でも、バレバレだよなと思い直した。樫本が近くに住んでいると、俺は樫本の部屋に入り浸ってしまう。今は忙しそうだから引越し荷物の片づけを手伝うって名目で、しょっちゅう中目黒に行っていた。行くと、そのまま泊まってしまう。

「春翔はさあ……ちょっと樫本さんと仲よすぎなんじゃないかな。友達でしょ？」

表面上は穏やかだけど、底の方で怒っている声で、原さんは言った。人差し指でステアリングをとんとんと叩く。苛立っているような仕草だ。

「……そうですけど」

移動の車中だった。ここのところ仕事が立て込んでいたので、原さんは俺につきっきりになっている。他にもタレントを抱えているはずだけど、そちらは人に任せていた。

「春翔は僕が育てたようなものだから」と原さんはよく言う。たしかにとても世話になっているし、それなりに売れるようになったのは原さんの手腕も大きい。だから感謝している。

でもいつの頃からか、なんだか叱られることが多くなった気がする。売れて仕事が増えるのと比例するみたいに。

「まあねえ。女の子と問題を起こされるよりは、男友達とつるんでいられる方がいいけどさ。でもさ、ちょっとべったりしすぎじゃない？　樫本さんっておかしくないかな」

「え。どういう意味ですか」

俺はシートから身を起こした。普段だったら、原さんに口答えしたりしない。でも、樫本のことは他人に言われたくない。

「春翔が有名人だから、つきあいたがってるっていうか……お金持ってるって思われてるだろうし」

「全然違います！」

俺は後ろから食ってかかった。

「樫本、霞が関のエリートですよ？　給料いいだろうし、でも使う暇がないほど忙しいんだ。それに高校の時からのつきあいだし、俺が売れてない時も変わらなかったし」

「そうかな。いや、でもさ……」

俺の剣幕に押されるように、原さんは視線を逸らす。

「いつもごはん作ってくれるし、お金払うって言っても受け取ってくれないし。俺が――俺が樫本に甘えてるんです。俺が樫本といたいから」

「……」

ステアリングを操りながら、原さんはルームミラー越しにじっと俺を見る。こういう時の原さんは、少し怖い。年々恰幅がよくなってるから、なおさらだ。

「春翔ってさあ……」

車が赤信号で停まった。もう表参道まで来ている。俺が所属する事務所は青山にあって、今は近くのマンションに住んでいた。

「もしかして、樫本さんのこと好きなの？　そういう意味で」

「え」

不意を衝かれて、かあっと顔に血が昇ってしまった。あわてて首を振る。

「そ、そんなんじゃないです。樫本は友達で」

「ただの友達とこんなにべったりしてるの、おかしいでしょ?」

「…っ…」

俺はうつむいて唇を噛んだ。どう返したらいいかわからない。原さんの視線を感じて、ますます顔が赤くなった。

「困るよ!」

突然、原さんがドンと拳でステアリングを叩いた。俺はびくっと肩を揺らして顔を上げた。

「春翔はこれまで、スキャンダルのないクリーンなイメージでやってきたんだ。清潔感があって、かわいくてかっこよくて、誰のものにもならなくて……なのに、男なんて」

「――」

「女もだめだけど、男なんてもっとだめだ。だめだよ。絶対に認めない」

「え……」

信号が変わって、車が動き出した。原さんは車を表通りから脇道に入れる。表参道のあたりは華やかだけど、少し離れると閑静な住宅街が広がっている。

樫本が大阪に転勤になってすぐ、俺は事務所に近いマンションに引っ越していた。原さんも青山に住んでいて、近くのマンションに空き部屋があると勧められたからだ。その頃から忙しくなったので、原さんはいつも送り迎えをしてくれる。

「で、でも……樫本は俺を友達としか思ってないし……前は彼女もいたし」

俺はしどろもどろに言い訳をする。原さんはしばらくの間黙っていた。

「――もう会うのはやめなさい」

前を向いたまま、低い声で原さんが言った。

「え」

「どうせ片想いなんでしょ？　あっちにその気はないんでしょう。じゃあ、もう樫本さんを解放してあげなよ」

「え――」

解放。

血の気が引いた。

「こんなに入り浸ってて、週刊誌に『同性愛発覚！』なんてすっぱ抜かれたらどうするんだよ。やっと売れてきて、軌道に乗ってきたところなのに。今までの苦労が台無しだよ」

「で、でも……そんなんじゃない……」

俺は弱々しく反論する。

「それにさ、彼にとってもマイナスなんじゃないかな。春翔みたいな芸能人とつきあってるなんて」

「マイナス？」

俺は驚いて訊き返した。

「だって官公庁なんて堅い職場でしょ。出世とか派閥とかあるだろうし。男と、しかも春翔みたいな芸能人とつきあってるなんて記事が出たらさ」

「……」

「まあ一般人だから名前は出ないにしても、目だけ隠した写真なんて知ってる人にはわかるしね。所属とか調べて書かれたら、職場の人には一目瞭然でしょ。そしたら彼の仕事や出世にも影響するんじゃないかな。お役人からしてみたら、芸能人なんて浮ついたイメージしかないだろうし」

「そんな……」

車が俺のマンションの前に停まった。黙り込んだままの俺を見て、原さんはこれ見よがしにため息を落とした。

「もうすぐ映画の仕事が始まる。監督にも期待してもらってるし、注目度の高い映画だ。宣伝も大掛かりになる。春翔のキャリアにはすごく大事な仕事だよ。わかってるよね？」

「……」

俺はうつむいたまま、唇を嚙み締める。畳みかけるように、原さんは言った。

「とにかく、もう彼の部屋に行くのはやめなさい。転勤したばかりなら、彼も忙しいだろう。春翔のキャリアのためにも、彼のキャリアのためにも、距離を置いた方がいい」

俺は顔を上げて反論しようとした。

「――」

でも、何を言ったらいいかわからなかった。言葉が見つからない。

「もう少ししたら読み合わせが始まるからね。脚本、ちゃんと読み込んでおいてね。監督のこれまでの作品のＤＶＤも送ったよね。すべて目を通しておくように」

「……はい」

俺はのろのろと車のドアに手をかけた。

ドアを開けて、外に出る。振り向いてドアを閉めようとした時、運転席から身を乗り出すようにして、原さんが言った。

「春翔、君はこれからもっともっと有名になる。もっと花開くんだ。そのためには、僕の言うことを聞いた方がいい」

しっかり目を開けて真面目な顔をした原さんは、なんだか知らない人みたいだった。

どうしてか、腹の底が少しひやりとした。

「……」

「いいね？」

俺は答えず、頷きもせず、ただ送ってくれたお礼に頭を下げて、ドアを閉めた。

春まだ浅い東京は、夜はかなり冷える。二の腕を抱くようにして、俺は早足でマンションの建物に入った。

樫本のキャリアの邪魔になる。俺が。

考えたこともなかった。高校生の頃の夜の川原から、十年間。その間、住む場所が変わったり、学校や立場が変わったり、忙しかったりそうでもなかったり、樫本に彼女がいたりしたけれど、二人の時間だけはずっと変わらなかった。変わらないでいられたと、思っていた。

でも違うのかもしれない。俺も樫本も変わったのかもしれない。いつまでも一緒にはいられないって、わかってはいた。樫本に恋人ができたら離れようと思っていた。

でも、仕事のために離れなくちゃいけないなんて——

自分の部屋のベッドの上で、俺はスマートフォンを握っていた。今日はまだ電話をしていない。樫本は忙しそうだ。転勤して仕事を引き継いだばかりだし、官公庁だから年度の変わり目は大変なんだろう。毎日残業をしている。

樫本に迷惑はかけたくない。キャリアの邪魔なんて、絶対にしたくない。だったら原さんの言うとおりにした方がいいのかもしれない。

（でも）

本当はうっとうしかったかもしれない。本当はもう手を離したかったかもしれない。いつかどうせ離れなくちゃいけないなら。

(でも……)

さっきからずっと堂々巡りをしている。でも、ばかり繰り返している。思い切れない。覚悟はしていたはずなのに、いざとなると――怖い。

結局、電話はやめて、『今、青山に帰った。しばらく忙しくて連絡できないかも。ごめん』とだけメッセージを送った。すぐには既読にならない。忙しいんだろう。

スマートフォンを投げ出し、俺はベッドに横になった。

眠ろうとしたけれど、なかなか眠れない。諦めて起き出して、次にやる映画の脚本を読み始めた。ひととおり読んではいたけれど、今度はセリフを頭に入れようとする。でも、できなかった。頭の中がいっぱいいっぱいで、ぐるぐる回っていて、他のものが入る余地がない。

ため息をついて、何か飲もうとキッチンに行った。けれどこのところ樫本の部屋に入り浸っていたので、ろくなものがない。

仕方がない。部屋着から着替えて、いちおう眼鏡だけかけて、俺は部屋を出た。

コンビニで紅茶と牛乳と明日の朝食のためのパンを買って、自動ドアを出た時だ。

ミーと小さく、猫の鳴き声がした。

(猫…?)

それも子猫だ。俺は声の聞こえた方に足を向けた。

住宅街の中にあるコンビニで、隣は民家だ。コンビニとの境には生け垣があって、人がぎりぎり入れるくらいの暗がりがある。鳴き声はそこから聞こえてきていた。

なんとなく覗き込んで――ぎょっとした。そこに人がうずくまっていた。

「わ、びっくりした」

「……」

最初は黒いかたまりみたいなものが見えた。でもよく見ると、うずくまっているのは人だった。女性だ。スカート姿で、こちらに背中を向けてしゃがみ込んでいる。

「すみません」

きっとその人も子猫の鳴き声に引き寄せられたんだろう。邪魔をしてしまったようで、すぐに離れようとして――あれ、でもおかしいな、と思った。

女性はこちらを振り向くことなく、背中を見せたまま座り込んでいる。まったく動かない。その足が、素足にサンダルだった。まだ夜は冷える時期なのに。着ているワンピースも薄い生地で、部屋着のように見えた。

「あの、大丈夫ですか……？」

不自然に動かないので、具合いが悪いのかと心配になった。子猫はその女性の向こうにいて、きょとんとした顔をしている。俺が一歩近づくと、身を翻《ひるがえ》して逃げてしまった。

猫がいなくなっても、女性は身動きせず、何も言わない。やっぱりおかしい。俺はもう一歩近づいた。

「具合いでも悪いんですか……」

「来ないで」

ぴしゃりと叩きつけるような、やけに通りのいい声が聞こえた。

「なんでもないです」

「あ、すみません」

謝って、すぐに行こうとした。でも、その声が。

（あれ？）

女性はショートカットで、首が細く白い。顔を少しだけこちらに動かした時に、見えてしまった。赤黒く腫れ上がった頬と瞼。薄暗い中でも、唇のはたに血が滲んでいるのがわかった。

「！　怪我を…」

「なんでもないですったら！　大丈夫…」

叫ぶように言う女性に、声をかけた。

「蔵前さん？」

細い影がびくっと揺れる。ショートカットの頭が、おそるおそる振り向いた。

白い——ちょっと白すぎるくらいの顔色だ。血の気が引いている。もともと童顔の人だけど、ノーメイクらしく、とても幼く無防備な顔に見えた。

その片方の頬と瞼が、無残に腫れ上がっていた。強くぶつけたか——あるいは、殴られた痕《あと》だ。色味のない唇が細かく震えていた。

「は、春翔くん……？」

小さく呟いたあと、鹿みたいなつぶらな目から、ぼろぼろっと涙が落ちた。


「旦那さんに殴られたって——それ、ＤＶじゃないですか！」

思わず大きな声を出すと、濡れタオルを頬にあてた蔵前さんは「わかってる」と呟いた。

俺の部屋のリビングだった。蔵前さんが住んでいるマンションもこのあたりにあるそうだけど、家には帰りたくないと言うし、なにしろ薄着にサンダルで、財布もスマートフォンも持っていなかった。

この姿を人に見られたらまずい。とっさに思って、とりあえず俺の眼鏡とブルゾンを渡した。まずは人目を避けなくちゃと、コンビニからすぐの俺のマンションに来てもらった。

蔵前さんはソファに座ってうなだれている。眼鏡は外しているけれど、ブルゾンは着ていてもらった。裸足にスリッパは寒そうで、エアコンをつけた。

紅茶と牛乳を買っていてよかった。ミルク多めの紅茶を淹れて、少し砂糖を入れて、蔵前さんに渡した。

蔵前さんはタオルをテーブルに置いて、指を温めるように両手でカップを持つ。そんなふうにしていると、なんだか幼い女の子みたいだ。小作りの綺麗な顔が赤黒く腫れているのは、見ている方も胸が痛くなる。

「け、警察……いや、病院が先かな」

「だめ」

小さな女の子みたいな風情なのに、蔵前さんはきっぱりと言う。

「でも」

「表沙汰にしたくないの。今はまだ誰にも知られたくない。こういう仕事だから……春翔くんならわかるでしょう？」

「だけど……」

「離婚はするつもりだけど、今はまだ時期じゃないから。私、ＣＭもやってるし……どうしても、今はだめなの」

たしかに蔵前さんはファミリー向けの商品のCMに出ている。この仕事は人気商売だ。DVで離婚なんて、イメージが悪すぎる。蔵前さんが悪いんじゃないとしても。

詳しくは知らないけれど、旦那さんは若くして成功した実業家で、たまにメディアに出ていた。派手なイメージはあったけど、夫婦仲が悪い印象はない。華やかな憧れのカップル、という感じだったのに。

「財布も携帯も持たずに飛び出てきちゃったから……この顔じゃタクシーに乗っても目立つし、どうしようかと思ってたの」

「……」

「誰にも言わないでくれる?」

「はい」

痛々しい姿を見ているのがいたたまれなくて、俺は話題を変えた。

「ええと、じゃあ誰か信頼できる人に連絡を……迎えにきてくれる人、いますか?」

「マネージャーか事務所の社長に電話をかけたいんだけど、スマホがないと番号がわからないの。でも、家はわかるわ」

「じゃあタクシー代貸します。その上着、よかったら持っていってください。眼鏡は度が入ってるから……あ、ガーゼとか貼った方がいいかな。あと、帽子とマスクと…」

部屋の中を行ったりきたりして、いろいろ揃える。膝をついて救急箱を開けていると、蔵前さんが言った。

「ありがとう。見つかったのが春翔くんで、よかった」

顔を上げて口をひらこうとして、固まった。

「本当にありがとう……」

蔵前さんの目から、また涙があふれだした。

こぼれ落ちる前に両手で顔を覆う。俺はどうしたらいいかわからなくて、触れるわけにもいかなくて、ただ黙ってそこにいた。


「マスコミには気をつけろって言っただろう！」

バンとデスクを叩かれて、俺はびくっと肩を震わせた。

「不倫なんて……春翔のイメージが台無しじゃないか。もうすぐ映画の撮影も始まるのに」

握った拳が震えている。原さんのこんなに怖い顔を、初めて見た。

事務所の社長室だった。窓を背にして社長がデスクに座っている。俺と原さんはその前に立っていた。

デスクの上には、写真週刊誌がひらいて置かれていた。そこに写っているのは――俺だ。

俺と、蔵前さんだ。

『蔵前ほのか　共演の年下俳優逢沢春翔と深夜のお泊り不倫デート！』

そんなセンセーショナルな文字が躍《おど》っていた。

「こんな写真……どうして」

俺のマンションの玄関前だった。俺のブルゾンをはおっている蔵前さんと、その背中に手を添えている俺。見ようによっては寄り添う恋人同士に見えるかもしれない。玄関前に段差があったし、蔵前さんは弱った様子でうつむいていたから、サポートしただけなのに。

蔵前さんは横顔で、殴られた方の頬は写っていない。でもそれが蔵前ほのかだということはわかる写真だった。一緒にいるのが、逢沢春翔だってことも。

「違うんです。俺、不倫なんてしてません――」

蔵前さんとコンビニで会ったのは、一週間ほど前のことだ。俺はうろたえて説明しようとした。

社長は顎に手をあててじっと俺を見る。よく声をかけてくれる人だけど、こんなに厳しい顔をされるのは初めてだった。何しろ美人なので迫力がある。

蔵前さんと共演したドラマの撮影はもう終わっていた。記事には俺と蔵前さんが収録中も仲がよく、よく一緒に食事に行っていたと書かれていた。たしかに話はしていたけれど、世間話や仕事のことばかりだし、食事は他のスタッフや共演者も一緒だった。二人きりになったことなんてない。蔵前さんも青山に住んでいるってことも知らなかったくらいだ。

「あの、蔵前さんがD……怪我をしてて、たまたま財布も携帯も持っていなかったから、だから」

　誰にも言わないで、と言われたのを思い出して、しどろもどろになる。どうしよう。話すべきだろうか。

「――わかってます」

　おもむろに社長が言って、背もたれから身を起こした。

「この記事が出る前に、あちらの事務所から連絡があって事情は聞いたから。社長とは面識があるのよ」

　俺はほっと息をこぼした。

「あちらの社長さん、春翔に感謝してたわよ。うちのほのかを助けてくれてありがとうって。でももう少ししたら離婚会見とＤＶの告白をするから、それまでは待ってほしいって言われたわ」

　蔵前ほのかは芸能記者にマークされていたんだろうと、社長は言う。

「あそこの旦那、夫婦円満をアピールしてるけど、ほんとはとっくに破綻してるんじゃないかって噂だったからね。妙に上から目線だし。嫌いなのよ、ああいう男」

　週刊誌の誌面には、高級そうなスーツを着た蔵前さんの旦那の写真も載っている。社長はそれをいまいましそうに睨みつけた。

「え……じゃあ、俺はどうしたらいいですか」

「春翔は何も言わなくていいわ。ＤＶ被害と不倫だったら不倫の方がイメージ悪いと思うけど、あの旦那、すぐ反撃してきそうだからねえ。弁護士雇って、あることないこと吹《ふい》聴《ちょう》しそう。泥仕合に巻き込まれるのはごめんだわ」

社長は肩をすくめてため息をつく。原さんが声を荒げた。

「困りますよ！　春翔は不倫なんてしてないのに。反論するべきです」

「ここで何か言ったら巻き込まれちゃうわよ。黙っていた方がいい」

「でも、春翔はもうすぐ映画の撮影が始まるんですよ！　主演なのに……これまでさわやかなイメージでやってきたのに、ぶち壊しじゃないですか！」

バンバンと、原さんは週刊誌を叩く。それが怖くて、俺は体を引いた。

「だけど春翔が蔵前ほのかの内情を勝手に暴露して自分を弁護するのも、イメージ悪いでしょう」

社長は冷静だ。背もたれのリクライニングを大きく後ろに倒して、パンツスーツの脚を組む。

「あちらの事務所は大きいし、恩を売っておくのは悪くないわ。向こうもそう時間はかけないって言ってる。旦那のＤＶの証拠も集めてるって。会見をひらいてもらって、本人の口から春翔は無関係だ、助けてもらっただけだって話してもらいましょう。その方が春翔の好感度が上がる」

「……」

　原さんはギリッと奥歯を噛み締める。その音がはっきり聞こえた。

「さいわい春翔は今、大きな仕事はないんでしょう?」

「……映画の前なので、大きな仕事は入れてません。オフが欲しいって言うし」

「ちょうどよかった。メディアの前に出る仕事はキャンセルして、しばらく様子を見ましょう。映画の製作発表までにはなんとかしてもらうわ。春翔は家でおとなしくしてて」

「はい」

　一安心して、俺は頷く。社長はこれで話はおしまいというように、週刊誌を閉じた。そして、スマートフォンを手にする。

「こっちもいろいろ手を回しておかないとね。春翔のスポンサーになんて言おうかしら……ああ、映画のディレクターにも連絡しておかないと」

「申し訳ありませんでした。ご迷惑をおかけして」

　社長に向かって、深々と頭を下げる。顔を上げると、社長はにこりと笑った。

「いいのよ。暴力の被害に遭った女性を放っておくような子じゃなくてよかった。そんな子、うちの事務所においておきたくないもの。でも、黙っていたのはよくなかったわね。原くんか私に連絡をくれたらよかった」

「はい。すみません」

「スポンサーやメディアの対応はこっちに任せて。春翔は家で脚本でも読んでなさい。原くん、よろしくね」

「はい」

原さんが不満そうに、それでも頷く。もう一度頭を下げてから、俺は原さんと一緒に社長室を出た。

「原さん、すみません……迷惑をかけて」

「……」

写真週刊誌の記事が明らかになってから、原さんはずっと不機嫌だ。怒るのはわかるけれど。最近はいつも苛々しているように見える。

事務所を出て、エレベーターに乗る。体格のいい人だから、いつもは大きな背中を頼りになるって思うんだけど、今は話しかけづらかった。

「最近の春翔は、勝手なことばかりするよね」

エレベーターが降下していく。原さんは俺を見ない。

「……すみません」

「あんなに僕が……のに」

ぶつぶつと呟く。俺に言っているわけじゃないらしく、聞き取れなかった。聞き返すのもためらわれて、黙ってエレベーターに乗っていた。

駐車場に行き、原さんの車に乗る。車の中ではいつもラジオをかけることが多いのだけど、今日はかけなかった。

事務所から俺のマンションまではすぐだ。今日は朝から雨が降っていて、いつもより人通りが少ない。でも陰った景色の中、ショーウインドウや道行く人の傘がカラフルだ。その色が車の窓を流れる雨に滲んでいる。俺はぼんやりとそれを眺めていた。

原さんはひとことも喋らずに運転している。こんなに怒るのは初めてだ。黙り込んだまま、すぐに車が停まった。

「――あれ」

外を見ると、俺のマンションじゃなかった。ここは原さんが住んでいるマンションだ。

「しばらくは僕の部屋にいなさい。春翔は自炊できないし、生活力もないから」

「え、でも」

「放っておくと、勝手なことばかりするからね」

「……」

うまく反論できなかった。なんだかすごく――怖くて。

原さんの住むマンションと俺のマンションは近いけれど、いつも原さんが俺の部屋に来るので、俺は行ったことがない。前を通り過ぎたことがあるだけだ。青山は低層のマンションが多く、ここもそうだった。俺が住んでいるところよりも少し古そうに見える。

エレベーターを降りて、部屋に入る。少し散らかっていて、ごく普通の男性の一人暮らしって感じだ。そういえば原さんって何歳だろう、結婚とかしないのかな、とちらりと思った。これまでそういう話はしたことがなかったけど。考えてみると、俺は原さんについて何も知らない。

部屋は1LDKらしい。ベランダに面したLDKにドアがあって、その向こうが寝室みたいだ。俺はどこで寝ればいいんだろう。

ソファにどさっとバッグを投げ出し、スーツの上着もソファに放り投げると、原さんは「春翔、こっちに来て」と俺を促した。

「……」

俺は言われたとおり、ついていく。なんだか怖くて逆らえない。

玄関を上がった廊下の右手に、トイレや洗面所があるらしい。そして、その反対側にもドアがあった。バスルームという感じじゃなく、居室のドアだ。あれ、2LDKなのかなと思っていると、原さんが「そのドア、開けて」と言った。

ドアを開ける。中は暗かった。まだ午前中だけど、カーテンが閉まっているんだろうか。

「明かり……」

壁の電灯のスイッチを探ろうとした時、ドンと背中を強く押された。

「うわっ」

体格のいい原さんに思い切り押されて、俺はフローリングの床に倒れ込んだ。肩を強く打ってしまう。

「いたっ…」

原さんが無言で、部屋の明かりを点けた。俺は床に手をついて体を上げた。

「え――」

すぐには、状況がわからなかった。

狭い部屋だ。いや、部屋というよりも、ウォークインクローゼットか、もしくはサービスルームと表記されるような部屋だ。つまり物置や納戸だ。カーテンが閉まっているんじゃなくて、最初から窓がない。

「え……」

左右に本棚が置かれている。それでよけいに床が狭かった。人ひとりやっと横になれるくらいだ。つきあたりの壁際にデスクセットが置かれている。周りの壁に、写真が何枚も貼られていた。

その写真を見て、俺は息を呑んだ。

「――」

逢沢春翔だ。

何枚も何枚も、何枚もある。モデルをしていた高校生の頃から、今までの。ファッション誌の写真。インタビューを受けた時の写真。ドラマの宣伝用ビジュアル。映画のポスター。

まるで逢沢春翔の軌跡《きせき》をひと目で見渡せるようにしたみたいに、年代順に並んでいる。

「え……何――」

その中に混じって、商材じゃない、明らかに隠し撮りした写真があった。以前に住んでいたマンションの前にいる写真や、大学の学食で食事をしている写真。見覚えがあった。

HANAKO――

「うそ……」

全身の血の気がざあっと引いた気がした。

代わりに恐怖が、ドライアイスの冷気みたいにじわじわと這い上がってくる。

「ハナコ……?」

ハナコが、原さん?

「ずっと見守ってきたんだよ」

背後から声がして、俺は床に後ろ手をついて振り返った。

ドアの前に立ちはだかるようにして、原さんが立っていた。

「春翔が美しく成長できるように、変な虫がつかないように、ずっとずっと、蛹《さなぎ》の頃か

ら——いや、幼虫の頃から見守っていたのに」

「…っ」

俺はひくりと喉で息を吸った。

恐怖が喉元まで這い上がってきた。冷たい手みたいに、喉にからみついてくる。

「原さんが、ハナコだったのか……？」

原さんはにこりと笑った。

細い目。いつも笑っているように見えるから、本当の表情がよくわからない。

俺は後ろ手に後ずさった。下がったぶんだけ、原さんが近づいてくる。俺はさらに後ずさる——でも、逃げたって行き止まりだ。背後にはデスクセットがあるだけ。窓もない。

原さんのうしろのドアにしか、逃げ場がない。

（どうしよう）

原さんがハナコだったなんて。隠し撮りしてつきまとっていたストーカーだったなんて。

原さんがストーカーなら、隠し撮りなんて簡単だ。自宅も仕事先も筒抜けだったんだから。俺のスケジュールを——生活をほぼすべて把握していたんだから。

俺は原さんを頼っていたし、ハナコのことも相談していた。今になってその危うさと愚かさに気づいて、足がすくんだ。

怖い。震えが立ち昇ってくる。息が詰まりそうになる。

ここから逃げないと。

俺はきょろきょろと目だけを左右に動かして、逃げ場を探した。出入口はひとつしかない。だったら何か武器になるようなもの……

「そうだよ。ずっと見守ってきたんだ。春翔の中に種を植えて、水をやって、光をあてて、害虫を取って……ずっとずっとずっと、大切に育ててきたのに。やっと花開いたのに」

――種。

(あれ?)

頭が何か理解するより先に、きゅっと気管が狭くなった。息が苦しくなった。

(今、種って言ったか?)

その時、本棚のファイルに目が留まった。

本棚には本もたくさんあったけど、分厚いファイルが棚の多くの部分を占めていた。ファイルの背には、俺の名前や、原さんが他に担当したタレントの名前が書かれている。

俺のファイルが一番多い。

名前の下には、数字が書かれていた。数字は西暦らしく、それだけだったらマネージャーとして担当したタレントの仕事の記録に見える。

でもその数字が――俺の名前の下に書かれているのが――まだ俺が子供だった頃の年だ。原さんがマネージャーになった時からじゃなくて。モデルとして仕事を初めてからでもなくて。

岐阜に引っ越す前、俺が小学生だった頃の——

「……っ」

ドクン、と大きく心臓が鳴った。

「うそ……」

ドクンドクンと、胸の中に太鼓があるみたいに激しく鳴る。自分の鼓動の音で耳の中がいっぱいになる。頭がガンガンする。

『君をずっと見てるよ。いつかきっと迎えにいくよ』

『君の中に種を植えたんだ。花が咲いたら、迎えにいくよ』

「うそ……うそだ」

耳の中に、あの男の声が蘇《よみがえ》る。もう顔は覚えていない。声も覚えていない。ただ顔に目立つほくろがあったってことだけ。

後ずさった背中が、デスクチェアの脚にぶつかった。

原さんが近づいてくる。俺のすぐ前に立って、見下ろしてくる。細い目の中の、小さな瞳。艶のない碁石みたいだ。

「原さんが……あの時の？」

「ああ、やっと気づいたんだ！」

いきなり声を張り上げられて、俺はビクッと全身で震えた。

嬉しそうに、原さんは笑っている。嬉しくて嬉しくてたまらないみたいに。

「今までまったく気づいてなかったんだよね。春翔はほんとにバカだよねえ！」

「え……だって……だって、ほくろが」

「あれはつけぼくろだよ」

にいっと笑って、原さんが言った。天井のライトで盛り上がった頬肉の下に影ができて、怖い。

「つけぼくろ……？」

少しの間、呼吸が止まった。息を吸おうとするけれど、喉が震えるばかりでうまく吸えない。

「ほくろがあれば、子供はそれしか目に入らないからね。子供なんて大人の顔を覚えられないし、うまく言い表すこともできない。春翔だってそうだろう？　僕のほくろしか覚えていなかった。春翔に会うまでに体型も変えたしね」

「……」

その通りだ。俺はあの男の顔を覚えていなかった。もっと痩せていた気がするけれど、体型なんていくらでも変えられる。俺はあの男のほくろにばかり怯えていた。

あの男は、こんなに俺の近くにいたのに。ずっと。

「子供はみんなそうだったよ。ほくろをはずせば、わからなくなる。僕は透明人間になる。子供なんてバカだからね。ああでも——春翔が一番かわいかったよ」

上気して、酔っぱらって演説でもしているみたいに、原さんは滔々《とうとう》と話している。俺は喉元を押さえた。

「…っ…、あ」

苦しい。息が吸えない——だめだ。どうしよう——息ができなくなる。

(来る)

黒い影が近づいてくる。すぐそこにいる。つかまってしまう——

違う。

もうつかまってしまった。

「他の子はだめだ。すぐに汚い男になる。にきびができたりごつくなったりして、すぐに女とつきあいたがる。ずっと綺麗でずっとかわいいのは、春翔だけだ。春翔は女に欲情しないし、綺麗なままで大人になった。だからもっと綺麗になれるように、もっと花開けるように、僕が大事に大事に育ててきたのに」

「ひッ、は……はあ」

喉がヒューヒューと隙間風みたいな音を立てる。両手で喉を押さえて、俺はうずくまって胸を喘がせた。

「はあっ、はあっ」

だめだ。息が吸えない。苦しい。苦しい。苦しい。

（助けて）

「……か……」

（樫本）

「ああ、過呼吸の発作を起こしちゃった？」

俺を見下ろして、細い目が笑った。

「かわいそうに。癖になってるんだよね。春翔はほんとに弱いねえ！　だから守っていてあげたのに」

「……」

俺は涙の滲んだ目で原さんを睨みつけた。

「大丈夫だよ。過呼吸じゃ死なないから。しばらくそうやって自分の愚かさを噛み締めていればいいよ。僕の言うことを聞かなかった罰だ。勝手なことばかりするのがいけないんだから」

涙が滲んで、視界が歪む。樫本の声を思い出してゆっくり呼吸をしようとするけれど、苦しさで勝手に喉が喘いでしまって、どんどん苦しくなる。

苦しくて、空《くう》に手を伸ばした。

（樫本）

視界がだんだん暗くなってくる。もう何も見えない。樫本の姿しか見えない。

助けて――

「バカで弱くて、かわいい春翔。今まで僕に守られてきたことがわかっただろう？」

「……は、……はあッ」

「これからは、もう勝手なことはさせないからね。春翔は僕の言うことを聞いていればいいんだ。あの男にだって、もう会わせない」

「……」

視界がかすんで、暗くなる。頭の中も暗くなっていく。

手足が冷たい。体中ががくがくと小刻みに震える。もううずくまっていることもできなくて、俺は床に力なく倒れた。

「春翔」

細目の顔が近づいてきて、俺に手を伸ばしてきたのが最後に見えたけれど、もう動けなかった。

（樫本――）

視界が黒く塗りつぶされる。墜落するように、俺は意識を手放した。

◆◆◆

逢沢と連絡が取れない。

俺の脳裏には、昼休みにスマートフォンで見た、女優の蔵前ほのかとの不倫スキャンダルの記事が浮かんでいた。今朝発売された写真週刊誌の記事らしいけど、雑誌自体は見ていない。

逢沢から、忙しいからしばらく連絡できないとメッセージが入ったのが、一週間くらい前のことだ。

これまで連絡が途切れたのは、大学生の時、俺に彼女ができた時だけだった。その時期を除いて、お互い忙しいことはあっても短い電話やメッセージは交わしていた。たぶん三日以上あけたことはない。そうやって、十年間、過ごしてきた。

こんな関係おかしいよなと、思うことはあった。いい歳して、恋人でも夫婦でもない相手と、こんなに密に繋がっているなんて。逢沢も思っていたかもしれない。けれどやめるきっかけもなく——違う、少なくとも俺は、やめたくなくて続けてきた。

だって逢沢は、俺にとって、恋人よりも近い存在だったから。

でも、もうずっと連絡がない。

連絡できないとメッセージがあった三日後、俺から電話をかけてみた。逢沢は出なかった。メッセージも送ったけれど、返事はない。

何かあっただろうかと考えてみたけれど、何も思いつかなかった。東京に戻ったばかりで忙しくて、逢沢が荷物の片づけを手伝ってくれた。深夜まで残業して帰ると逢沢がベッドで寝ていたこともあって、俺もそのままベッドに倒れ込んだ。だからろくに言葉を交わしていない日もある。でも、繋がっていた。

そこに——この不倫の記事だ。

ネットのニュースを読んだだけだから、記事の詳しい内容は知らない。ざっとネットの反応を見た限りでは、ずいぶん炎上しているみたいだった。蔵前ほのかも、逢沢も叩かれている。やっぱり不倫というのがまずいらしい。

（逢沢が不倫？）

ありえない、と思う。好きな女性ができることはあるだろうし、既婚女性だってこともありえるだろう。でも、こそこそ密会なんてするだろうか。一緒にドラマに出ていたのは知っていたし、会話に彼女のことが出てくることもあったけど、特別な感じは何もなかった。

（……いや）

でもわからない。過去に逢沢に恋人がいたことはあったはずだ。俺は二年間大阪に行っていたし、会っていない時に逢沢が何をしているのか、何も知らない。

たぶん、自分が思っているより、俺は逢沢のことを知らない。

「……」

スマートフォンを手に、立ち止まる。ずっとメッセージを送っているけれど、やっぱり返事はなかった。

俺は大手町にいた。出先から戻る途中で、地下鉄駅の階段を降りようとしていたところだ。既読のつかない画面を前に考え込んでしまって、足が止まった。

今日は朝から雨が降っていた。まだ昼過ぎだけど、厚い雲に覆われて空は暗い。雨のせいか人出はいつもより少なく、階段はがらんとしていた。

閉じた傘から足元にぽたぽたと水が垂れている。左手にスマートフォン、右手に傘を持っていて、俺はまったく周囲に注意を払っていなかった。

ドン！　と背中に衝撃を感じた。

「え——」

ぐらっと体が傾いた。

とっさに手すりを握ろうと、スマートフォンを手から離した。でも手すりはずっと先にあるみたいに遠い。届かない。

落ちる――

無意識に頭から落ちるのを避けようと、体をひねった。外は雨で、出口の方が薄暗い。つるりとした壁に照明が反射している。

俺の背後、出口の前に、人が立っていた。

微動だにせず、俺を見下ろしている。男だ。大柄の。

目が合った。

◇◇◇

カシャッというカメラのシャッター音で、目を開けた。

視界は明るい。電灯がついている。開けた目に見えたのは、フローリングの床だった。

「………」

俺はまた床に転がっていた。過呼吸の発作を起こしたまま、気を失っていたらしい。視線を横に向けて、あの狭いサービスルームだと気づいた。

「やっぱり一眼レフはいいよねえ。ずっとスマホでしか撮れなかったからさ。春翔が綺麗に撮れる」

「……」

「代わりにプロが撮ってくれるのはいいんだけど、やっぱり僕だけの春翔が欲しいよね」

原さんが俺に向かってカメラを構えていた。いや、もう〝さん〟なんてつけたくない。睨みつけて身を起こそうとして、腕が動かせないことに気づいた。

「…ッ」

後ろ手に拘束されていた。

上体を起こして首を捻って見ると、結束バンドが手首を締めつけていた。手を動かすと、ギリギリと食い込む。どんなに動かしても、ゆるむ気配も切れる気配もない。たぶん刃物がないと外せない。

それでも、もがいてしまう。細いバンドがさらに食い込んで、手首に痛みが走った。

「やめなよ。手首に傷がついちゃうよ」

原が言った。カシャッと、またシャッター音が鳴る。レンズの大きな、高性能そうなカメラだ。

「……やめろ」

俺は原を睨みつけた。

「こんなことしたって……すぐに見つかる」

「見つからないよ。春翔はしばらくオフだし」

「仕事はどうするんだ。もうすぐ映画の読み合わせもあるのに」

「どうしようかなあ」

妙に機嫌よさげに言いながら、原はカシャカシャとシャッターを切る。虫唾《むしず》が走った。顔を背けるけれど、シャッター音はやまない。

「今が春翔の一番綺麗な時だからね。いい監督に撮ってもらいたかったけど、でも春翔が僕に逆らうなら、もういいかなあ」

「え……」

新しい恐怖が、ざあっと虫のように背筋を走った。

「記録に撮って残しておきたかった気もするけど、でもみんなに見せるのももったいないよね。春翔は僕のものなんだからさ」

「……違う」

おまえのものなんかじゃない。睨みつけるけれど、原は細い目をますます細めてにやにやしている。

「これから僕の言うことをちゃんと守っておとなしくしてるなら、映画に出してあげてもいいよ。でも僕に逆らうなら、もうここから出してあげない」

「仕事に行かなかったら、事務所の人が探しにくるだろう。社長だって…」

「春翔を僕のものにするために、あの事務所に入ったんだ。春翔が僕のものにならないんなら、事務所にいたってしょうがない。君を連れてどこかへ逃げてもいい」

「…っ…」

ぎりぎりと奥歯を噛む。まさかそんなこと、できるはずがない。でも、この男は常軌を逸している。もしかして、最悪の場合は――

自分のものにする。その言葉に含まれるいろんな意味を考えて、ぞっとした。恐怖が全身に広がって、手首だけじゃなく全身を縛られているみたいに動けなくなる。

「春翔は今、一番輝いているんだ。僕が引き出した輝きだ。それを独り占めするのも悪くないよね」

俺の顔はたぶん引き攣っている。その顔を、原は嬉しそうに撮る。カシャカシャとシャッターが切られるたびに、何か汚いものをなすりつけられている気がした。

恐怖に体が支配されそうになる。指先が冷たくなる。

でも、諦めたら終わりだ。ぎゅっと目をつぶってから、俺はありったけの力を出してもがいた。

「…ッ、くそ…っ！」

後ろ手に縛られていると、すぐには起き上がれない。するとすかさず、原が俺の胸を蹴りつけた。

「っ」

芋虫みたいに、また俺は床に転がった。

「まだわからないのかい？　抵抗したって無駄だよ。君は僕のものなんだから」

原はやれやれと言いたげなため息をつく。完全におかしくなっている。いつからこんな人だったんだろう？

いや、最初からだ。俺を誘拐した時から。おかしくなったんじゃなくて、最初からおかしくて、それを上手に隠していたんだ。

「……樫本」

無意識に、名前が口からこぼれ落ちた。

シャッターを押していた原の指が、ぴたりと止まった。

床から原を睨みつけて、俺は言った。

「樫本が、俺を見つけてくれる。連絡がなかったら、きっと俺を探してくれる」

「樫本！　樫本！　樫本！　あああもう！」

急に原は大声を上げた。俺はびくっと震える。原はその場で地団駄を踏んだ。大の大人が地団駄を踏むのを、初めて見た。

「春翔はほんとバカだよねえ！　あんな役人ふぜいに！　あんな男がなんだっていうんだ！　この僕が！　僕がずっと春翔を守ってきたのに！　こんなに綺麗に花咲くまで育て

上げたのに！」

「…っ、ひ…」

怖い。恐怖がまた這い上ってきて、俺の喉元をつかもうとする。震えがくる。

「あんな男、春翔にはいらない。いなくなればいい」

表情のない顔で、原は言った。

「だからあの男は排除したよ」

「え……？」

排除。

一瞬、意味がわからなかった。

排除？　樫本を？

「なに……」

「あんな男のことなんか、もう考えるな。春翔はここにいればいい。僕の言うことだけを聞いていればいいんだ」

「……樫本に何をした」

必死でもがいて、俺は起き上がった。床に膝立ちになる。

「何をしたんだ！」

興味なさそうにそっけなく、原は返した。

「だから、排除したんだよ。邪魔だからね」

「……ッ」

恐怖よりも。嫌悪よりも、気持ち悪さよりも、湧き上がってきた衝撃と怒りが全部をなぎ倒して、俺は立ち上がった。

「うわあああ！」

後ろ手に拘束されたまま、原に体当たりをした。

どさりと一緒に床に倒れる。高価そうなカメラが放り出されて、倒れた原が、一瞬そちらに気を取られた。

「樫本！　嫌だ！　樫本！」

俺は立ち上がって、開いたままだったドアから部屋の外に出た。逃げなくちゃ。ここから出なくちゃ。樫本のところに行かなくちゃ――

「春翔…っ」

玄関に到達する前に原に追いつかれた。タックルのように激突され、ひとたまりもなく床に転がる。

痛い。でも俺は起き上がろうとした。

「いやだあ！　樫本……！」

原の大きな体が俺の上に馬乗りになってきて、仰向けにされて押さえつけられた。俺は必死でもがく。原の手が俺の首を締め上げてくる。

「――、…ッ」

大きな手で容赦なく喉を絞めつけられ、一気に息が苦しくなった。

頭に血が昇る。ぱくぱくと口を動かすけれど、空気はまったく入ってこない。

「うあ…ッ」

俺は必死にもがいた。でももがくだけでは、首に巻きついた指はびくともしない。

空気がまったく入ってこない。頭の中がガンガンする。過呼吸の時よりも、さらにせっぱつまった本能的な恐怖に体が支配された。

死ぬ。本当に殺される――

次第に、体から力が抜けてきた。視界が赤くなる。錆びたみたいな暗い赤色だ。次にだんだん暗くなった。

（樫本……）

頭の中は、ただそれだけだった。樫本に何があったんだろう。何かあったら、どうしよう。

涙が出た。

（神様――）

すがるものが他になくて、最後にそれだけ、思った。

目を覚ますと、やっぱりあのサービスルームだった。今度は体の下に毛布が敷かれていた。

窓も時計もないので、今が何時なのかわからない。俺が持っていたバッグは見あたらなかった。窓はないけれどエアコンはあって、空調が効いている。

「春翔、ごはんだよ」

サービスルームのドアが開いて、原がトレイを持って入ってきた。

「……」

俺は力なく原を見る。原は物のように俺の体を持ち上げ、上半身を本棚にもたれかけさせた。床に置いたトレイには、何かシチューのような皿と水の入ったグラスがのっている。時間はわからないけど、体感で、たぶんまだ一日はたっていないだろうと思った。午前中に事務所に行って、ここに連れてこられたのは昼頃だ。たぶん同じ日の夜だろう。朝食以降は何も口にしていないけれど、まったくお腹はすかなかった。

両手はまだ後ろで拘束されている。さんざん暴れたせいで手首がひどく痛くて、肩も痛くて、そろそろ腕の感覚がなくなってきていた。

「はい。あーんして」

原が俺のそばに膝をつき、スプーンでシチューをすくって俺の口に近づけた。レトルトっぽいクリームシチューの匂いがする。俺は顔を背けた。

樫本。樫本はどうなったんだろう。まさか本当に――

だけど問いただしても、きっと嫌な答えが返ってくるだけだ。俺は必死に頭を働かせた。どうしたらここから逃げられるだろう。樫本のところに行けるだろう。でも、行ったってもしかしたらもう――

頭の中で希望と絶望が混じり合ってぐるぐると回る。俺はうつむいて口を閉じていた。

原は猫なで声を出す。

「だめだよ。食べないと、その綺麗な顔を維持できないよ？」

「……」

「しょうがないなあ。春翔はわがままなんだから。じゃあ、シャワーを浴びようか」

「え」

嫌な予感がして、肌が粟立った。スプーンを皿に置いて、原が言う。

「僕が体を綺麗に洗ってあげるよ」

「…っ」

顔を引き攣らせて、俺は体を引いた。でも狭いサービスルームで、後ろは本棚だ。逃げ場がない。

「……俺にさわるな」

「またそういうわがままを言う」

これ見よがしに、原はふううとため息をつく。だけど楽しそうだ。ままごとでもしているみたいに、原はこの状況を楽しんでいる。

「まあ、でもいいか。一緒に入ったら写真が撮れないものね。シャワーを浴びてる春翔はまだ見たことがなかったなあ。綺麗に撮ってあげるよ。いや、動画にしようかな」

「……嫌だ」

俺は踵で床を掻く。生理的な恐怖で体がこわばった。

子供に言い聞かせるような顔で、原が言った。

「言うことを聞かないと、樫本さんがもっと酷い目に遭うよ」

ぴくっと、俺は顔を上げた。

「樫本……生きてるのか?」

おそるおそる訊く。原はさも残念そうに首を振った。

「病院には連れていかれたみたいだけどね。どれくらいの怪我をしたのかは知らないけど、残念ながら生きてるみたいだ。しぶといよねえ」

「――」

震える唇をひらいて、俺は息を吸った。心臓が息を吹き返したみたいに、鼓動が跳ね上がる。

生きている。樫本は生きている。生きていれば、会える。

「でも、春翔が僕の言うことを聞かなかったら、次はどうなるかわからないよ。これでわかっただろう？」

「……」

俺はうつむいて下唇を噛んだ。嘘かもしれない。本当かもしれない。外の情報が入ってこないから、樫本がどうなっているのか、本当のことはわからない。

だけどとにかくここから出なくちゃいけないと思った。出て、樫本のところに行くんだ。

「……わかった」

こくりと唾を飲み込んでから、原を見上げて、俺は言った。

「原さんの言うことを聞く。だから、樫本には何もしないでくれ」

「へええ。ようやくわかったの？」

原はにいっと笑う。気持ち悪い。俺は目を逸らしてうつむいた。

「なんでも言うことを聞く。……聞きます。だから樫本には何もしないでください」

「んー。どうしようかなあ」

もったいつけるように、原はにやにや笑っている。そうしながら、じろじろと俺を見た。

うつむいていても、舐めるような視線を感じた。ぞっとする。

そうして、原はカメラを手に立ち上がった。

「じゃあ、春翔がどれだけいい子になったか、見せてもらおうかな。おいで」

「……」

鳥肌が立つような嫌悪を抑えながら、立ち上がった。後ろを歩く原にせかされて、バスルームに入る。

標準的なマンションのバスルームだった。トイレは別だけど、それほど広くない。脱衣場も狭くて、二人で立つと窮屈だ。特に原は体が大きいから、ドアを塞がれる形になる。

「僕が洗ってあげてもいいんだけど、それだとカメラで撮れないからなあ。しょうがないな。暴れちゃだめだよ。逃げようとしたらどうなるか……わかってるね？」

そう言って、原はポケットから鋏《はさみ》を出した。小さな工作用の鋏で、たいした武器になりそうにない。でも、結束バンドはあっさりと切れた。

俺は小さく息を吐いて手首をさすった。もがいたせいで、赤い痕がくっきりとついてしまっている。ジンジンと痛んだ。

「ああ、傷がついちゃったねえ。だから暴れちゃだめって言ったのに……あとで手当てをしてあげるよ」

原が俺の手首をとって撫でる。今までさわられたことはあったけど、別になんとも思っていなかった。でも今は、ざわっと悪寒が這い上がってくる。必死で耐えて、従順なふりをした。

それに気をよくしたのか、機嫌よさそうに、原が言った。

「さあ、じゃあ服を脱いで」

カメラを構える。脱ぐところから撮るつもりらしい。

「……」

服の裾を握って、ためらった。一応俳優で、モデルだったから、着替えのシーンや水着姿をカメラで撮られたことはある。その時は仕事だから、平気だった。

今は嫌悪感で吐き気がする。それでも唇を噛んで、俺は着ていたプルオーバーの裾を持ち上げた。

俺はTシャツにジーンズ、プルオーバーという普段着だった。のろのろと、ことさらゆっくりと、プルオーバーを頭から引き抜く。

「……」

次に、Tシャツをつかむ。原は黙ってカメラを構えている。動画を撮っているんだろう。作動中の赤い小さなランプがついていて、大きなレンズがじっと俺を見ている。

「どうしたの？　早く脱いで」

ごくりと唾を飲んだ。

原には、俺に対する性的な欲求があるんだろうか。ここに連れてこられてから、写真を撮られるばかりで、俺に触れようとはしてこなかったけれど。

生理的な嫌悪でいっぱいになる。もし何かされたら、意地でも抵抗するつもりだった。こんな奴に何かされるくらいなら、死んだ方がましだ。

でも今は。今は言うことを聞かないといけない。せめて、樫本の無事を確かめるまでは。

覚悟を決めて、Tシャツを脱いだ。下は素肌だ。ひんやりとした空気が肌に触れる。その空気よりも視線の方が気持ち悪くて、鳥肌が立った。

「綺麗だね。春翔は本当に肌が綺麗だよ。うちの男性タレントの中で一番綺麗だ」

カメラを手に、原がさらに近づいてきた。レンズが舐め回すように肌の上を滑る。それから、カメラを下ろして手を伸ばしてきた。

「…っ」

喉で小さく息を吸って、俺は後ずさった。狭い脱衣所なので、すぐに背中がバスルームのドアにぶつかる。

「白くて、染みもなくて、なめらかで……ずっとさわってみたかったんだ」

「ひ、っ…」

原の大きな手が、脇腹に触れた。肉厚で、生暖かい手だ。全身に悪寒が走った。

「ああ、やっぱり綺麗な肌だ。しっとりしてて、すべすべで」

原の生暖かい手が脇腹から腹、胸を撫で回す。肌の上を無数の虫が這い回っているようで、全身が小刻みに震えた。今ここにある恐怖と嫌悪と、子供の頃から俺を縛ってきた恐怖が一緒になって、体がすくんで動けなくなる。

「本当に綺麗だよ。春翔はまだ、女も男も知らないものね。ずっと僕が見守ってきたんだから。そのままでいい。僕がそのままの綺麗な春翔を守ってあげるよ――」

さらに近づいてきた原が、顔を近づけてくる。そして、胸の真ん中をべろりと舌で舐め上げた。

「…っ…！」

嫌悪が全身を貫いた。眩暈がして、吐き気が込み上げてくる。

「ああ、綺麗だ。春翔は本当にかわいいよ……」

「や、やめ…」

舌は肌の上でなめくじみたいに動いて、胸から首筋に這い上がってくる。嫌だ。嫌だ。嫌だ。足が震えて、立っていられなくなりそうだった。発作的に突き飛ばそうとした時――

ピンポーン、とインターフォンのチャイムが鳴った。

「…っ…」

「誰だよ」

俺は小さく息を吐いた。原は舌打ちをして、後ろを振り返る。玄関の方をいまいましそうに見た。

「せっかくいいところなのに……宅配便かな」

ピンポーン、とまた音が響く。

一瞬、なんとかインターフォンまで行けないだろうかと思った。今なら外部と繋がれる。声を上げれば、助けてもらえる。

でも脱衣場は狭く、原の大きな体がドアの前に立ち塞がっている。暴れても、ここから出られるかどうかわからない。また首を絞められるかもしれない。

(下手に抵抗したら、樫本が)

迷っている間に、チャイムの音は止んだ。部屋の中はしんと静まり返る。

心が崩れ落ちそうになった。望みが、手の中からこぼれ落ちていく。

(だめだ)

「行ったみたいだね。じゃあ、続きをしようか」

「――」

望みが断ち切られたのと同時に、体から力が抜けた。俺はずるずるとその場に座り込んだ。

「春翔？　どうしたの。さあ立って。シャワーを浴びないと」

「いやだ……」

涙が流れ落ちた。脱衣所の床にぽたぽたと落ちる。俺は頭を抱えて泣きじゃくった。

「いやだ、いやだ……お願い、ゆるして……許してください」

「……」

原が俺をじっと見下ろしている気配がする。しばらくして、またふうとため息の音が聞こえた。

「しょうがないなあ。春翔はわがままなんだから」

「……」

ひくっと喉を鳴らして、俺はしゃくり上げた。

「じゃあ、明日の朝、ちゃんとシャワーを浴びるんだよ？　それから、ごはんもきちんと食べること。いいね？」

これまでと同じ、面倒見がよくて優しい、でもちょっとだけ苛立ったようなマネージャーの声で、原は言った。

俺はこくこくと頷いた。頷くたびに涙が落ちる。水もろくに飲んでいないのに涙があふれて、視界がぼやけた。


それからどのくらいたったのか――

原に言われるまま、俺はシャワーを浴びたり着替えたりした。そのたび写真を撮られ、動画を撮られた。食事も用意されたけれど、まったく食欲は出なかった。

「だめだよ。ちゃんと食べなくちゃ。これ以上痩せたら、綺麗なスタイルが台無しだ」

「……」

強要されて、むりやり飲み込む。味がしなかった。

(樫本)

頭の中にあるのは、樫本のことだけだった。樫本は今、どうしているだろう。無事だろうか。ずっと連絡が取れないから、きっと俺のことを心配している。絶対にここから出て、樫本のところに行く。その望みだけを胸に、なんとか食事を流し込み、カメラを向けられる嫌悪に耐えた。

サービスルームには外から施錠できる鍵が取りつけられていて、原がそばにいない時は、俺は後ろ手に拘束されて閉じ込められていた。ドアはしっかりしていて、蹴っても体当たりしても開きそうにない。防音がしっかりしたマンションなのか、壁に並べられた本棚のせいか、部屋の外の物音はほとんど聞こえなかった。トイレにもバスルームにも窓がなかったので、外の明るさがわからない。今がいつなのかもわからない。

逃げ出す隙を窺いながら、どうしたらいいのか考え続けた。でも樫本の無事がわからなくて、うかつなことができない。そうしているうちに、次第に気力も体力も落ちていった。

ストレスでよく眠れない。食欲もさらに落ちた。

そんなふうに何日か——三、四日くらいたった時だ。また、インターフォンが鳴った。

その時原はサービスルームにいて、俺の拘束を解いて食事をさせようとしていた。サンドイッチとオレンジジュース。だからたぶん昼だったんだろう。

ピンポーン、とインターフォンが鳴る。原はちらりと目を動かしたけれど、当然のように動かない。もう俺には気力がなかった。

でも、ピンポーン、ピンポーン、とチャイムは何度も鳴った。しつこく。何か、尋常じゃないものを感じさせる鳴り方だった。俺は顔を上げて、音のする方を見た。

ガチャガチャッと、鍵が開く音がした。

はっとして息を呑んだ。

「なんだ？　鍵は閉まっているのに」

原が顔をしかめて振り向く。

「——逢沢！」

声がした。

（えっ……）

俺は目を見ひらいた。

（樫本）

樫本の声だった。

「逢沢！　逢沢、いるんだろう⁉」

間違いない。十年間、毎日のように聴き続けた声だ。俺を支えてくれて、俺を強くしてくれる声。俺を抱きしめてくれる声。

（生きている）

樫本は生きている。生きていた。今、そこにいる。俺のところに来てくれている。

「原くん！」

別の声もした。

「原くん！　いるんでしょう、開けなさい！」

女性の声。事務所の社長の声だ。

「しゃ…社長？」

原にとっても予想外だったんだろう。動揺しているのがわかる。立ち上がって玄関の方を振り返った。

今だ。

渾身の力を込めて、俺は原に体当たりした。

「ぐっ」

原の体はドア脇の壁に激突した。つぶれたような声を出して、崩れ落ちる。

俺は急いでドアを開けて駆け出した。玄関はすぐそこだ。

「樫本！」

「逢沢！」

ドアの向こうに、樫本はいた。でもバーのようなドアガードがかかっていて、鍵は開けたけれど、中に入れないようだ。隙間から社長の姿も見えた。

「春翔！」

俺はドアに飛びついた。

ドアガードをはずそうとする。でも自分の部屋のドアとは形が違うこともあって、焦ってうまく指が動かなかった。

「くそ…っ」

いったんドアを閉める。あらためてはずそうとしたところで、後ろから首に腕が巻きついてきた。

「ぐっ」

起き上がってきた原に腕で首を締め上げられ、そのまま廊下に引き倒される。原が上に乗っかってくる。また、首を絞められそうになった。

「逢沢！」

樫本の声が聴こえる。すぐそこにいるのに、届かない。

俺は弱い。力もないし、精神的にも弱い。

でも今は。

「う、……くそ」

樫本がそこにいる。俺を助けにきてくれている。

やみくもに暴れて、首を絞められるのを防いだ。もう気力も体力もなくなったと思っていたのに、不思議なくらい体に力が湧いてくるのがわかる。

「どけ！」

膝を曲げて、覆いかぶさってくる体を思い切り蹴飛ばした。

原の大きな体が床に転がる。でもたいしてダメージは与えられていない。急いで立ち上がると、原もうっそりと立ち上がるのが見えた。

「逢沢、これを」

樫本の声に振り向くと、ドアガードの隙間から、樫本が手を伸ばしていた。その手に、傘が握られている。

「…っ」

紺色の、閉じた傘。

俺はそれを受け取った。そして竹刀のように構えて、立ち上がった原に向き合った。

樫本に剣道の稽古をつけてもらったのはもう十年も前のことだけど、たまに素振りはしていた。時代劇に脇役で出て、殺陣《たて》の真似事をしたこともあった。殺陣と剣道はだいぶ違うけれど、指導をしてくれた人には、ちゃんと腰が入っていていい構え方だと褒めてもらった。

　傘の柄を握る。呼吸を整えて、切っ先は相手の喉元に向ける。

　息の根を止める気持ちで。

「――やあっ！」

　原は虚を衝かれたんだろう。突っ立ったままで、細い目をせいいっぱい見ひらいていた。その眉間に、思いっきり傘を叩きつけた。

「…ッ…！」

　声もなく、原は真後ろに倒れた。ダーンと大きな音がする。

「逢沢！」

　俺はドアに飛びついた。

「今、開ける」

　今度こそ、落ち着いてドアガードをはずす。ドアを開けると、樫本と社長がなだれ込んできた。

「逢沢」

　樫本が両手を伸ばしてきた。

その胸に飛び込む。樫本の体を強く抱きしめた。樫本の腕が背中に回り、抱きしめ返してくれる。

「樫本。樫本……」

名前以外、言葉が出ない。

樫本がここにいる。よかった。無事だ。生きていた。また会えた。

もうそれだけでいい。

「逢沢、大丈夫か。怪我はないか？」

樫本が少し体を離して顔を覗き込んできた。涙があふれてきて、俺は頷くことしかできなかった。

「だ、大丈夫……なんともない」

「う……」

原の呻《うめ》き声が聞こえて、はっとして振り返った。

倒れた原の脇には、靴のまま社長が立っていた。ハイヒールで廊下に仁王立ちになって、スマートフォンを耳にあてている。

「もしもし。警察ですか」

社長は通報をしてくれているらしい。原はまだ横たわったままだけど、ううと呻きながら頭を押さえていた。ふらつきながら、起き上がろうとする。

そのひたいを、社長がガッとヒールで蹴りつけた。

「っ！」

そのまま、原はまた後ろ向きに倒れた。今度は動かなくなる。

「クソ野郎が」

綺麗にメイクした顔を歪めて、社長が吐き捨てる。そんな下品な言葉を使うのを初めて聞いた。

「縛った方がいいかしら。何か…」

「手伝います」

言って、樫本がそちらへ行こうとした。

けれど、うっと呻くと、樫本はその場に膝をついた。

「い、つっ…」

肩を押さえて顔をしかめている。一瞬で血の気が引いた。俺はあわてて樫本のそばに膝をついた。

「樫本!?　どうしたんだ、大丈夫？」

樫本はワイシャツにスラックス、春用のコートという格好だったけど、よく見るとワイシャツの下の胸に包帯を巻いていた。手首にも包帯と白いネットが巻かれている。こめかみに赤黒く痕になった傷も見えた。

「その方、階段から突き落とされたらしいのよ」

原の胸をヒールで踏みつけて、社長が言った。

「えっ」

「入院してたんだけど、病院を脱け出してきたみたい。春翔と連絡がつかない、マンションにもいないって、うちに来たの。原に突き落とされたって聞いて、まさかと思ったんだけど、原も休暇を取ってて……」

社長の声がうまく頭に入らない。樫本は脂汗を滲ませてうずくまっている。俺はその体にすがり、強く抱きしめた。

「樫本――」

遠くの方から、パトカーのサイレンの音が聞こえてきた。


樫本は地下鉄の階段で突き落とされたらしい。

その場で救急車を呼ばれ、病院に運ばれた。頭と全身を強く打ち、しばらく意識がなかったという。肩を脱臼して全身に打撲と擦り傷を負っていて、意識が戻ってもすぐには動けなかった。大きな骨折などはなかったけど、頭を打っていたから精密な検査が必要で、スマートフォンも壊れていたから、すぐには俺と連絡が取れなかったそうだ。

突き落とされた時、一瞬だけ、樫本は原の顔を見ていた。ただ一瞬だったから確信が持てず、警察に行くより早いと俺の事務所に行ったらしい。

「十日も連絡がないのはおかしいって言っても、最初は変な顔されてさ。大人なんだから普通でしょうって。まあそうだよな」

だけど原に階段から突き落とされたと聞いて、社長も顔色を変えた。原はずっと休暇を取っていて、事務所には来ていなかったらしい。社長はあらかじめ管理会社に連絡してマスターキーを持ってこさせて、玄関の鍵を開けた。

樫本がずっと脅迫めいたメッセージを受け取っていたことを、俺は知らなかった。

俺のストーカーだろうと思っていたそうけど、どうしてプライベートの電話番号が知られたのかはわからなかった。けれど大阪に行っていた間はぴたりと止まっていたので、心配させるからと、俺には言わなかったらしい。

原だったら、樫本の番号は簡単にわかっただろう。俺のスマホを盗み見る機会はいくらだってあったんだから。

「考えてみると、あいつ、入社した時から異常に春翔に執着してたのよね。でもマネージャーとしては優秀だから、惚れ込んでるんだろうって思ってて……うかつだったわ。ごめんなさい」

社長は俺に何度も頭を下げて謝ってくれた。自分の監督責任だ、原の異常性を見抜けなくて申し訳なかった、と。

原の異常性を見抜けなかったのは、俺も同じだ。ずっとマネージャーで、長い間一緒にいたのに。誰かのせいにするつもりなんて毛頭ない。

だけど樫本が怪我をしたのは、俺のせいだ。

原を警察に引き渡したあと、樫本は再び救急車で病院に戻った。社長がずいぶん責任を感じて、治療費を全額出してくれて別の病院に移ることになった。

原は傷害、監禁容疑で逮捕されたけれど、監禁の件は表沙汰にはならなかった。俺がこれ以上メディアに騒がれないように、社長が手を回してくれたからだ。

樫本が入院している間、俺は警察の事情聴取を受けた。樫本のところにも警察が行った。俺は病院で少ししか話せなかったけど、「気にするな」と樫本は笑っていた。「逢沢が無事でよかった」と。

樫本は上司にも心配されて休暇をもらい、およそ一週間を病院で過ごした。

そして、樫本が退院した日の夜、俺は中目黒の公務員宿舎を訪れた。

「よう。入れよ」

いつもとまったく変わらない顔で、樫本は俺を受け入れてくれた。

「ちょうど夕飯にするかなと思ってたんだ。でも冷蔵庫空っぽでさ。逢沢、メシは食ったか?」

俺は首を振って一緒にリビングに入る。もう引越し荷物は片付いていて、でも広すぎて少しがらんとした部屋だ。座れよと言われたけど、俺は立ったままでいた。

「じゃあ、外に食べにいこうか」

俺はまた首を振る。

「逢沢？　どうした」

樫本が俺の前に立った。

病院でも謝ったけれど、もう一度、深く頭を下げた。

「ごめんなさい」

「……顔を上げてくれよ」

上げられなかった。

「ごめん。ごめん。ごめんなさい。樫本があんな目に遭ったのは、俺のせいだ……！」

「逢沢のせいじゃないって、何度も言っただろう」

「……」

「逢沢、頼む。顔を上げてくれ」

のろのろと顔を上げる。涙があふれた。俺が泣いたらいけないのに。樫本が心配するに決まってるのに。でも、止まらなかった。

樫本に怪我をさせてしまった。俺のせいで。でも無事でよかった。会えて嬉しい。いろんな気持ちが一緒くたになって、あふれ出てくる。

「泣かないでくれよ」

ほら。また樫本に心配をかける。俺は弱い。俺は本当にだめな人間だ。

「体はもうなんともないよ。ほら」

樫本はぐるぐると腕を回してみせた。

「もうどこも痛くない。俺、ガキの頃からそれなりに鍛えてるからさ、頑丈なんだよ」

「……」

でも手首に湿布が貼られている。こめかみの傷跡もまだ残っている。

「あの社長さん、やたらにいい病院に入れてくれてさ、部屋は綺麗だし、ホテルみたいな豪華な食事が出てきてびっくりした。芸能人御用達なのかな」

いつもより明るい口調で樫本は話す。俺のために、明るくしている。その言葉を断ち切るように、俺は言った。

「俺、もう樫本に会わない」

樫本はぴたりと口を閉じた。

「もう電話もしない。会わない。もう樫本に頼らない――」

「……どうしてそんなことを言うんだ」

樫本は俺のすぐそばまで来た。

「お、俺が弱いから……俺がいつまでも樫本に心配かけるから、だから樫本は俺のそばにいてくれて」

「弱くない」

俺は足元の床を見ていて、樫本の顔を見なかった。

「あいつをやっつけたのは逢沢だろう。弱くない。すごく強かったよ」

「で、でも……俺、またこういう迷惑かけるかもしれないし」

「迷惑なんて、一度も思ったことない」

「俺、芸能人だから。樫本はエリートだから……迷惑かける」

「別にエリートじゃないけど。芸能人だと何がいけないんだ？」

「だ、だって、官僚なんだから仕事も忙しいし……俺みたいなのとつきあってたらだめだろう。しゅ、出世とか」

なんだか子供が駄々をこねているみたいだ。「出世って」と、樫本は小さく吹き出した。

「まだ官僚見習いみたいなもんだよ。出世なんて、考えたこともないな。別に芸能人とつきあってたってかまわないだろう。仕事さえちゃんとしてれば」

「俺がだめなんだ……！」

大きな声が出てしまった。

「俺が――俺が」

樫本はじっと俺を見ている。視線を感じる。

「俺が、樫本を好きだから」

「――」

小さく、樫本が息を吸うのが聞こえた。

もう止まらなかった。困らせる。言っちゃいけない、困らせたくないってずっと思っていたのに。

「俺が、樫本を好きなんだ。友達なんかじゃない。ずっと、ずっと好きだった。樫本に恋人ができたら――結婚することになったら離れなくちゃって思ってたけど、その日が来るのが怖くて怖くてしかたなかった」

顔を上げられない。怖くて、樫本の顔が見られない。

「でも、もうだめだ。もうそばにいられない。俺、樫本のこと……」

頬に手が触れた。

びくっと、俺は言葉を止めた。

両手で頬をそっと挟まれて、顔を上げさせられた。目が合う。俺はたぶんすごくみっともない顔をしている。誰にも見せたことのない、ぐちゃぐちゃの顔をしている。

「俺も、逢沢が好きだよ」

俺の目を見て、樫本は言った。少し怖いくらいの、真剣な顔をして。

「嘘だ……」

ぶわっと、また涙があふれてきた。

「嘘じゃない。俺もずっと逢沢のことを好きだったよ。友達としてじゃなく」

「だ、だって、彼女いたし」

「いつの話だよ」

軽く眉を上げて、小さく樫本は苦笑した。

「まあいたけど、けっこうすぐに別れたし。あれ以来、恋人はいない。ベッドで一緒に眠るのは、逢沢だけだ」

「でも……でも」

「逢沢の方こそ、恋人がいたんじゃないのか？」

頬を挟まれたまま、俺はぶんぶんと首を振った。

「い、いない。恋人なんて……。俺の気持ちを知られちゃいけないと思って」

「嘘だった？」

俺はがくがくと頷く。涙がこぼれ落ちる。

「あの女優の……蔵前ほのかは？」

俺はさらに激しく首を振った。

「ち、違う！　蔵前さんが旦那さんに殴られて……偶然会って、助けただけ。何もない」

「まあ、そんなことだろうと思ったけど」

呟いて、樫本は小さく吐息をこぼす。

それから、俺の頬を両手で挟んだまま、顔を近づけてきた。

吐息がかかる。樫本の目の中に俺が映っている。放心したような顔だ。

「好きだよ。ずっと逢沢が、好きだった」

ゆっくりと、唇が重なった。

「…っ…」

ラブシーンなら、何回も演じた。キスだって何回もした。でもそれは俺じゃない。

ずっと樫本のことが好きだったから、俺は誰ともつきあったことがない。本当に好きな相手とキスをしたのは、初めてだった。

「ん、……ふ」

樫本の舌が入ってくる。濡れた、熱い舌。俺の舌にからみつく。

知らなかった。キスってこんなに熱を感じるんだ。こんなに深く、熱く、生々しく、相手を感じるんだ。

「……」

唇が離れると、自然にため息のような吐息が漏れた。頭がぼうっとする。頬が燃えるように熱い。

「俺も怖かったよ。逢沢が俺から離れていくのが」

囁いて、また樫本は唇を重ねてきた。

「こんな不自然な関係、いつ終わるだろうって思ってた」

キスを繰り返しながら、唇と唇の間で吐息を絡ませながら樫本が言う。唾液がかすかな音をたてる。

「ん、…っ」

ディープキスは初めてだった。頭がくらくらして、体から力が抜けて、がくっと崩れ落ちそうになった。

樫本がとっさに支えてくれて、後ろにあったソファに座らせられた。

「大丈夫か？　そういえば顔色悪かったけど……ひょっとして寝てないのか？」

俺は首を振る。たしかに樫本が入院している間、よく眠れなかったけど。

「じゃあ……ごめん。こういうの嫌だったか？」

ぶるぶるっと頭を振る。よけいにくらくらした。

「ち、違う……俺、好きな人とキスしたことなかったから。な、なんか胸がいっぱいで」

「……」

樫本はちょっと黙った。

それからソファに片膝を乗せて、俺に屈み込んできた。

「逢沢って……」

「な、なに」

「なんでもない。……なあ、春翔って呼んでいいか？」

呼んでほしい。ほんとはずっと、名前で呼んでくれないかなって思っていた。きっかけがなかったけど。

「逢沢のファンがさ、春翔とか春翔くんって呼ぶだろ。いいなって思ってた。なんで俺は呼べないのかなって」

「呼んでほしい……」

「キスしていい？　春翔」

「うん」

「俺の恋人になってくれるか？」

「うん……」

（恋人）

俺が。樫本の。

唇が重なってくる。胸がいっぱいで、でもその胸の底の方で何か熱の渦みたいなものがうねっている。

「お、俺でいいの……」

「春翔がいい」

「でも俺……迷惑とか、負担になるかも」

「だから迷惑なんて思ったことないって言ってるだろ」

唇を合わせながら軽く肩を押されて、ソファに倒された。

「んっ……ん」

上から深く、強く、樫本の唇が重なってくる。唾液がたまってしまい、ごくんと喉を鳴らして飲んでしまった。

こういうキスをするんだ、と思った。想像したことがないわけじゃないけれど、想像よりもずっと――

「出世とか、どうでもいい。春翔と一緒にいたい」

「うん……俺も」

舌を絡めあわせながら、樫本の右手が俺のＴシャツの腹のあたりに触れた。

「さわっていい？」

「うん……」

「春翔ってさ、肌が綺麗だよな。同い年の男とは思えないくらい。いったいなんで出来てるんだって、隣で寝顔を見るたびに思ったよ」

「え、でも写真とかは修整してるから……」

「修整してる写真なんか見てないよ」

小さく樫本は吹き出す。俺はいっぱいいっぱいなのに、樫本の方が余裕がありそうでちょっとくやしい。

「目の前の顔を見て、いつも思ってたよ。綺麗だな、かわいいなって」

「…っ」

「まあ、顔が好きなわけじゃないけど……でも、顔も好きだ」

唇が頬に軽く触れてから、首筋に落ちる。舌で舐めてから、少しきつめに吸われた。

「ん…っ」

ぞくっと、小さな電気みたいなものが背中を走った。

Tシャツの裾から、そっと手が忍び込んでくる。硬くて、少しごつごつした手だ。樫本は体温が高い方じゃない。でも、触れる手のひらをやけに熱く感じた。

「樫本……」

原に触れられた時とは、ぜんぜん違う。手が、唇が触れた個所から俺の中に熱が生まれて、広がっていく。

もっと、さわってほしい。

「俺のことは名前で呼んでくれないのか?」

「え。えっと……ひ」

博臣。口に出そうとして、かあっと頬に血が昇った。恥ずかしくて、片腕で顔を覆う。

「む、無理」

「え。なんでだよ」

「わ、わかんないけど……無理」

「はは。春翔はほんと……」

かわいいな、と耳元で囁かれて、さらに血が頭に昇った。頬が熱い。

「まあ、そのうち呼んでくれればいいか」

樫本の手が腹から胸をまさぐってくる。ジャケットをはだけられ、Tシャツを胸の上までまくられて、胸の真ん中に口づけられた。熱い舌で舐め上げられて、ぞくぞくっと震えが生まれる。

「……あ…っ」

ゆったりと、手のひらを肌に密着させるようにして、樫本の手が動く。そんなふうにされると、肌の内側まで掻き回されるみたいだ。

樫本は俺のジャケットを脱がせて、ソファの背にかけた。下に着ていたTシャツも首から引き抜かれる。

「染みひとつないんだな。何か手入れとかしてるのか？」

俺の腰を跨いで、上からじっと見つめてくる。視線が剝き出しの肌を撫でるようで、くすぐったくて身をよじった。

「しゃ、社長に、肌は俺のセールスポイントになるって言われたから、たまにローションとかボディクリームを使うけど……撮影の前しかしない」

「それで時々、すごくいい匂いがしてるのか」

樫本が身をかがめてくる。また、胸の中心に口づけられた。びくっと上体が跳ねる。さっきよりも感覚が鋭くなっている。

「ずっと、こうしたかった……春翔をちゃんと見つめて、触れてみたかった」

「ん…っ」

両手が肌をまさぐる。腹から胸、脇腹、背中まで、余すところなく指と手のひらが撫でる。そうしながら、あちこちにキスをされた。チュッと口づけてから、舌で舐め上げる。もう一度、少しきつめに吸う。そんなことを繰り返されていると、次第に体のあちこちに火がついて、疼くような熱が生まれた。

「……下も、脱がせていい？」

「うん……んっ」

頭がぼうっとしてきて、言われるままにジーンズから足を引き抜いた。樫本の手が腿《もも》を撫で上げる。さわられればさわられるほど肌が敏感になって、自然に腰がうねるように動いた。息が上がる。鼻声みたいな声が出た。

「んあ…っ」

「ごめん……ちょっと」

いったん顔を上げて上体を起こして、照れくさそうな、でも真剣な顔で樫本が言った。

「俺、ずっと恋人いなかったからさ……それで春翔に横で眠られたりして、正直、欲求不満だったから」

「え」

「すごく……したい。今。いいか？」

「――」

ここに来た時は、樫本から離れなくちゃって思っていたのに。今日で会うのは最後だと覚悟を決めてきたのに。急展開過ぎて、頭がついていかない。

だけど頭はついていけないのに、体は本能で樫本を求めていた。知らなかった。こんなふうに思考も順序も関係なく、体の底から湧き上がってくるものがあるなんて。

「うん」

頷いて、樫本に両手を伸ばして引き寄せた。

「俺も。俺も……樫本としたい。恋人になりたい」

樫本が少し顔を離す。見たことのないような、優しい、でもとろけるような顔で笑って、唇を近づけてきた。

「樫本、体……」

「ん？」

「体、大丈夫なのか？」

「全然平気。捻挫もほぼ治ってるから、左手で体を支えなければどうってことないし」

寝室に移動して、ベッドの上で抱きしめあった。何度も一緒に眠った、セミダブルのベッド。男二人だと少し狭いんだけど、でもその狭さが嬉しかった。

「でも、打撲とか…」

「たいしたことない。見るか？」

樫本は起き上がって、着ていた長袖Tシャツを脱ぎ捨てた。

「──」

ベッドサイドのライトの光に、綺麗に筋肉がついた体が浮かび上がる。

本人は落ちたと言っていたけれど、全然そんなことなかった。激務の中で、できるだけ筋トレやランニングをしているのを知っている。今でも剣道の道場に通っているし。

その肩と背中に近い脇腹に痣のような赤黒い痕が広がっていて、俺は眉をひそめた。

「痛そう」

「大丈夫だよ。ただの内出血だから。内出血って、時間がたった後の方が色が広がるんだよな」

「でも……」

「もう痛みもない。俺、打撲は慣れてるから。こんなのなんでもない」

俺に覆いかぶさって、樫本が軽く笑う。唇を重ねてきた。胸がつまったように苦しくて、俺はその背中に腕を回した。

「俺が、守るから……」

傷に障《さわ》らないように、そっと抱きしめた。

「迷惑かけない。俺が、樫本を守るから」

出会ってから十年間、樫本はずっと俺を守ってくれた。そばにいる時も、いない時も。その声で、存在の全部で、俺を抱きしめてくれていた。

だから今度は俺が守る。絶対に傷つけない。どうしたらいいのか、まだわからないけど。でも、強くなろうと思った。樫本と一緒にいるために。

「うん。じゃあ俺も、春翔を守るよ」

腕の中に、体がある。体温を感じる。それがどんなに嬉しいことか、俺は知らなかった。

今までは、近くにいても遠かったから。

「春翔はほんと、強くなったよなあ」

「え。そうかな…」

「ああ。眩しくて、俺もがんばろうって思うよ」

キスを交わす。唇を重ね合わせるごとに、俺の中には熱が生まれて、渦を巻く。

「ん、……あっ…！」

胸に下りていた唇が、乳首に触れた。舌の先で転がすようにして、ねっとりと舐める。

口に含まれてキュッと吸われて、ビクンと腰が跳ねた。

「ま、待って……そんなとこ」

「ここ、だめか？」

「だ、だめっていうか……胸ないし」

「知ってる」

樫本が小さく笑う。反対側の乳首にも顔を寄せて、舐めて転がしてきた。そんなふうにされると、熱を持ってジンジンと痺れるようで、ひどく感じてしまう。変な声が出そうで、俺は拳を口にあてて息をつめた。

「こっち……さわりたいんだけど、いいか？」

下着の上からゆるく握られて、ビクッと体全体が波打った。

「お、俺……したこと、ない」

「俺も男はないけど。春翔の初めてが全部俺だと思うと……嬉しいよ」

「……ッ」

少しきつめに握られて、膝が跳ねた。

「ん、んっ」

恥ずかしい。気持ちよくて、感じてしまうのがもっと恥ずかしい。

俺もさわりたくて、手を伸ばそうとした。でも樫本はまだジーンズを穿いたままだ。触れる前に下着の中に手を入れられ、じかに触れられて、全身が魚みたいに跳ねた。

「あ、ま、待って…っ」

「嫌か？」

「や、やじゃないけど、でも」

恥ずかしい。でも感じてしまう。反射的に足を閉じかけたけれど、樫本の体が間にあって閉じられない。

「ん、あ、…あっ」

指が性器にからみついて、優しく扱く。俺はあっけなく濡れてしまう。そのぬめりを指で広げられ、ぬるついた指がさらに激しく動いた。

「あっ、ま、待って。だめ、やだ」

静かな部屋に、俺の喘ぎばかりが響く。でも止められなくて、俺は快楽の波に翻弄されて身悶えた。下着の中に熱がこもっている。俺の吐く息も熱くなっている。体の奥に生まれた熱が渦を巻いてうねって、外に出たくて暴れている。

「だめ？　嫌？」

樫本の声はいつも通り冷静で優しくて、それが俺の羞恥をさらに掻き立てた。

「ち、ちが…っ、あ、どうしよ、俺…」

踵がシーツの上で泳ぐ。どうしたらいいかわからなくて、樫本にしがみついた。樫本のことをずっと好きだったけど、もしも抱きあえたらと思ったことはあるけれど、こんな直接的な想像はしたことがない。想像したことのない恥ずかしさと、快感だった。

「だ、だめ……い、いくから」

「うん。いいよ」

「やだ、俺ばっかり…っ」

「大丈夫。俺も気持ちいいから」

「あッ……――」

指と声と、樫本の存在全部に感じてしまって、あっけなく俺は達した。

「は……はあ」

目に涙が滲む。顔を背けて、腕で目元を隠した。

樫本の手が俺から離れていく。ベッドから身を起こし、チェストの上にあったボックスティッシュを持ってきて濡れた手を拭った。

「もう……なんで俺ばっかり」

まだ顔を背けたまま、恥ずかしさのあまり拗ねた声になって、俺は呟いた。

樫本は俺の上にまた覆いかぶさってくる。顔を隠した腕を握られ、少し強引にはずされた。

「じゃあ俺も……さわってくれる？」

「…っ」

俺の顔を覗き込んでくる。その目が欲情に濡れていて、いつもクールで冷静な樫本のそんな顔を見たのは初めてで、ぞくっと体の底の方が疼いた。

（樫本も、俺に感じてくれてるんだ……）

「うん……」

嬉しい。恥ずかしくてたまらないのに、欲望が次から次へと生まれて際限がない。樫本にも気持ちよくなってもらいたくて、俺は頷いた。

樫本が自分のジーンズと下着を脱ぎ捨てる。俺も自分で下着を脱いで床に落とした。裸になって、あらためて抱きあって唇を重ねた。

「ん、ん……あっ」

舌を絡ませあいながら、お互いの性器に指を絡ませる。初めて触れる樫本のものは大きくて、さわっているだけで頭がくらくらした。樫本の指の動きに引きずられるように、俺の指の動きも激しくなる。お互いの呼吸が跳ねて重なった。

「ん……春翔…っ」

名前を呼ぶ声が聴いたことのないような甘い響きを帯びていて、それだけで俺の身体は悦《よろこ》んでまた雫をこぼす。

「樫本……好きだ」

もっと感じたいし、感じてほしい。夢中になって、俺は指を動かした。甘い声と濡れた音が混ざり合って寝室を満たす。樫本のものが跳ねるように形を変える。嬉しくて、もっともっとと自分から体を寄せて性器も触れ合わせた。

「あ、ちょ……ちょっと、待って」

急に手首をつかまれて、引き離された。

「俺、ほんとたまってるから……」

せっぱつまった顔で、樫本が言った。目の端と頬がうっすら赤くなっている。

「え…?」

俺は酔っぱらったみたいになっていた。頭がくらくらして、脳髄までとろけそうだ。

「このままだと簡単にいきそうだから」

「え。い、いってほしい、けど」

「それもいいんだけど……ごめん、でも」

顔を寄せてきて、耳元で言われた。

「春翔の中に……入れたい。だめか？」

「え――」

今までもいっぱいいっぱいだったのに、もう許容量を超えている。熱に浮かされている
みたいに思考がまとまらなかった。

「あのさ、春翔、そういうこと……考えたり、調べたり、した？」

「え……えっと、あの」

「俺はさ、調べたことあるよ。もしも春翔と恋人になれたら、って」

樫本がそんなことを考えていたなんて。

いつからだろう。十年も一緒にいたのに、誰よりも近くにいたのに、俺は――俺たちは、
互いのことを驚くくらいわかっていなかった。知ろうとしていなかった。だって怖かった
から。

「――いい、よ」

これから取り戻したい。たくさん樫本のことを知って、たくさん――欲しい。

俺は樫本の首に腕を伸ばした。顔を見合わせるのが恥ずかしくて、首筋に顔を伏せる。

「俺も樫本と……したい」

欲しい。もっと深く繋がりたい。生まれた欲望が俺の臆病さも羞恥もなぎ倒して、俺を

大胆に、怖いもの知らずにする。

「樫本が、欲しい」

抱きしめている体が、ぞくりと大きく震えたのがわかった。

「――じゃあ、ちょっと待ってて」

俺の腕を優しくはずして、樫本は身を起こした。

ベッドから出ていく。寝室からも出ていってしまったけど、すぐに戻ってきた。

「いきなり入れるのは無理らしいからさ……これ、体に害はないと思うんだけど」

樫本は小さな容器を手にしていた。ワセリンだ。

「前に剃刀《かみそり》負けした時に使ったんだけど……使ってみて、いいか？」

潤滑剤代わりにってことらしい。経験のない俺でも、さすがにそれくらいはわかる。

いいのかどうかよくわからない。もうなんでもいい。俺はまた樫本に抱きついて、首筋にしがみついた。

「か、樫本のしたいことは、全部していい、から」

したいと思ってくれるのが嬉しい。欲しがってくれるのが、嬉しかった。だからもうなんでもいい。

「…っ」

小さく、樫本が唾を飲み込んだ。

「じゃあ……そのまま少し腰を上げてて」

樫本が俺をゆるく抱きしめる。膝をつかんで足を広げられて、後ろの狭間に指が触れた。

「…っ」

ひやっと冷たい、そしてぬるっとした感触に、声が出そうになった。

でも、唇を噛んでこらえる。指先が動いて、冷たいぬるつきをなすりつけるようにした。

少しだけ、指先が入ってくる。

「ん、…っ」

痛い。気持ち悪い。よくわからない。でも、これは樫本の指だ。樫本が俺と繋がろうとしてくれている。

「……いっ」

そう頭で思っていても、体にとっての異物が潜り込んでくると、どうしても力が入ってしまう。反射的に指を締めつけてしまった。

「春翔、力抜いて」

「んっ」

「痛い？　苦しい？　やめるか？」

樫本は優しい。でも、もうちょっと強引にしてくれてもいい。

「や、やだ……やめない、で」

首にしがみつく腕に、ぎゅっと力を込めた。

「し、してほしい……もっと」

「……じゃあ、ほんとに嫌だったら、言えよ」

がくがくと頷く。指がさらに潜り込んでくる。体が勝手に引き攣る。

「ん、く…っ」

「春翔、ちゃんと息して。ゆっくり……息を吐いて」

「う、うん」

無意識に息をつめてしまうのを、意識して呼吸する。ゆっくり深く吸って吐いていると、だんだん体が慣れてきた。

「大丈夫か?」

「うん……」

奥深くに、指が入ってくる。押し返そうとしていた俺の体が、身悶えながらまとわりつく。

「あ……は…っ」

いったん指が抜かれる。ワセリンを増やして、また入ってきた。最初冷たかったぬるつきは、体温と同じになって馴染んでくる。

気持ちいいわけじゃないけれど、痛みや異物感、苦しさはだんだんやわらいできた。俺

の体が、樫本を受け入れようとしている。

たぶん指を増やされている。よくわからない。俺は目を閉じて樫本にしがみついて、体の奥に生まれる熱の感覚だけを追った。

「……だいぶやわらかくなってきた」

「んっ――！」

かなり奥の方を指先でこすられて、びくっと反応してしまった。

「もう大丈夫かな……いいか？」

小さく頷いた。早く。

早く、もっと、深く。もっと、樫本の全部が欲しい。

指が抜かれた。うわずった声が出てしまう。樫本は俺の片足の膝裏に手をかけ、大きくひらかせて抱え上げた。

「あ――」

あられもない姿を露にされる。恥ずかしい。役者は恥を売る商売だけど、こんな姿を見せるのは樫本だけだ。

「春翔」

名前を呼ばれて、目を合わせる。樫本の顔が欲情に濡れているのがわかる。大好きだ、と思う。繋がることに怖さはあるけれど、嬉しくてたまらない。

「あッ――」

それでもやっぱり、挿入の瞬間は叫び出しそうに痛かった。奥歯を噛み締めて、耐える。これは樫本だ。樫本が俺を抱いてくれている。腕を伸ばして、俺も樫本を抱きしめる。

「あ、あ、うあっ……！」

「春翔……」

樫本が俺のひたいにひたいをあてる。眉をひそめて、少し苦しそうだ。でも、感じてくれているのがわかる。全身で樫本を感じる。

「樫本、樫本……」

俺は壊れたように樫本の名前を呼ぶ。

もう壊れてもいい。泣いてもいい。乱れてもいい。自分を全部さらけだしても、樫本が受け止めてくれる。

「あ、あ、……ああっ――」

熱く滾ったものに揺さぶられて中を突かれるたびに、電流のような快感が身体を走って声が出た。

「春翔……」

抽挿を繰り返しながら、樫本が俺を抱きしめてくれる。体の一番奥深くに樫本を感じる。

名前を呼ばれるたびに、自分の身体が悦んで樫本を締めつけるのがわかった。

好きだ。好きだ。

言葉にならなくて、ただ抱きしめて受け入れる。樫本も同じように感じてくれているのがわかる。

「あっ……──」

樫本自身が大きく脈打ったのを感じた。その瞬間、俺の身体も跳ね上がる。身体の奥を、迸る熱が打つ。熱くて、苦しくて、でも嬉しくて、とけるようで──

「春翔……」

目を覗き込んで、樫本が唇を重ねてきた。身体を繋げたまま、舌を絡ませる。身体の外側も内側も樫本と一体になってとけていくみたいだ。

涙が出た。何度も一緒に眠ったセミダブルベッドの上で、初めて本当に抱きあえて、嬉しくて涙が流れた。


蔵前さんの記者会見は、記事が出てから二週間後に行われた。

俺はそれを事務所のテレビで見た。会議室で、社長と、たまたま事務所に来ていた星名潤さんと一緒に。

『お話ししましたように、逢沢春翔くんは偶然私を見かけて助けてくれただけで、いっさい関係ありません。それまでは二人で会ったこともありません。行くところもなく、打ちひしがれていた私に手を差し伸べてくれた恩人なのに……こんな迷惑をかけてしまって、本当に申し訳ない気持ちでいっぱいです』

離婚協議に入っていることを報告した蔵前さんは、さっぱりと吹っ切れているように見えた。これからまだまだ大変だろうけど、ちゃんと離婚できて、新しい生活を始められたらいいと思う。とりあえず俺は普通に仕事ができれば、それでいい。

「これで、晴れて春翔も仕事を再開できるわね」

ほっとした顔で社長が言って、椅子の上で脚を組み替えた。

「ネットでも蔵前さんと春翔に同情票が集まってるよ」

スマートフォンを操りながら、潤さんが言う。潤さんは俺がネットで叩かれていた時に、『気にするな。相談があったら聞くよ』と連絡をくれていた。

会見には弁護士が同席していて、DVの証拠があること、旦那さん側の弁護士と協議に入っていることを淡々と説明した。記者たちから質問が飛び、蔵前さんは丁寧に答えていく。

俺のジャケットのポケットの中で、スマートフォンが振動した。取り出して画面を見る。メッセージが来ていた。

「すみません。僕はそろそろ失礼します」

会見はまだ続いているけれど、俺は立ち上がった。社長たちに挨拶して、会議室を出る。

「あ、春翔さん。スケジュールの確認いいですか？」

デスクについていた新しいマネージャーさんが席を立った。今度のマネージャーは女性で、俺より年下で一生懸命な人だ。

「はい。お願いします」

簡単に打ち合わせをして、事務所を出る。遅い時間に始まった会見だったので、外はもう暗かった。俺は表通りに出てタクシーを捕まえた。

行き先を告げて、スマートフォンを取り出す。『これから帰るよ』と返信した。

窓の外を青山のきらびやかな夜景が流れていく。きっと今頃、ネットでは蔵前さんの離婚会見についていろんな言葉が飛び交っているんだろう。俺のこともいろいろ言われているに違いない。

でも、俺はスマートフォンは見なかった。後方に流れ去っていく青山の夜景の中に、芸能人の〝逢沢春翔〟を置いていく。

今日のごはんは何かな。早く会いたいな。俺も免許取ろうかな。車を買えば、休みに一緒に遠出できるし。

そんなことをぼんやりと考えているうちに、タクシーは到着した。料金を払って降りて、マンションのオートロックを暗証番号で開ける。エレベーターが上昇するのと一緒に、心が浮き上がっていく。

合鍵は持っているけれど、インターフォンを押した。すぐにドアがひらく。

「——おかえり」

ただの逢沢春翔に戻った俺を、恋人の笑顔が迎えてくれる。

「ただいま」

俺はその腕の中に飛び込んだ。

■あとがき■

こんにちは。高遠琉加《たかとおるか》です。

私は長いスパンのお話を書くのがけっこう好きなのですが、今回は十年にわたる物語です。十六歳から、二十六歳まで。カバーイラストに忠節橋《ちゅうせつばし》を描いていただいたので、わかる方にはピンと来たかもしれませんが、主人公たちが高校時代を過ごしたのは岐阜です。

私は名古屋出身なので、岐阜には子供の頃によく行きました。中津川《なかつがわ》でキャンプをしたり、金華山《きんかざん》のロープウェイに乗ったり、リスと遊んだり。リス村というのがあるのです。リスに襲われているんじゃないかと思うくらいいっぱいいた…。でもかわいくて、その後シマリスを飼いました。自然がいっぱいあるところ、というイメージでした。それにしても金華山って、豪華な名前だなあ。

でも大人になってから行って、岐阜の魅力を再確認しました。むしろ大人になってからの方が、岐阜の良さはよくわかる！　白川郷《しらかわごう》、郡上八幡《ぐじょうはちまん》のお盆、岐阜城、歴史と風情《ふぜい》のある町並み、ダムに滝、そしてやっぱり美しい川。なまじ見所があちこちに散らばっているのでアピールしにくい気もしますが、中部地方随一の美しい県だなあと思います。また行きたい。

ただ岐阜弁に関しては、語尾やイントネーションがわりと名古屋弁と似ている気がするのですが、文字にする自信がないので標準語になりました。すみません。岐阜弁がわかる方は頭の中で変換してください。

十年にわたるお話で、高校生、大学生、社会人と成長していくにつれて見た目も変わっていくので、イラストでも成長を見ることができて嬉しさ三倍です。イラストレーター様は難儀だったと思いますが…。一夜人見先生、本当にありがとうございました。公務員なのでスーツは堅めでとお願いしたのですが、表紙のスーツが本当に素敵です。

担当様、いろいろご迷惑をおかけしました。赤字がけっこうぐいぐい突っ込んでくるので、「お⁉」とか「おお…」となり、新鮮でした。とても勉強になりました。ありがとうございました。

そして手に取って読んでくださった方、ありがとうございました。先行きの見えない日々がまだもう少し続きそうですが、ひとときの楽しみになれたら嬉しいです。誰かの現実逃避になりたいです。

それでは、またいつかどこかで。

初出
「三千六百五十日の抱擁」書き下ろし

CHOCOLAT BUNKO

この本を読んでのご意見、ご感想をお寄せ下さい。
作者への手紙もお待ちしております。

あて先
〒171-0014東京都豊島区池袋2-41-6
第一シャンボールビル 7階
(株)心交社　ショコラ編集部

三千六百五十日の抱擁

2022年1月20日　第1刷

著　者:高遠琉加
発行者:林 高弘
発行所:株式会社　心交社
〒171-0014　東京都豊島区池袋2-41-6
第一シャンボールビル 7階
(編集)03-3980-6337 (営業)03-3959-6169
http://www.chocolat_novels.com/
印刷所:図書印刷 株式会社